夫君別作妖

3

完

文創風 1219

霧雪燼 著

目錄

第五十七章　互誇

雖然睿王不如太子那麼引人注目，也不如二皇子背後有皇后撐腰，但好歹是個皇子，所以他的府邸還是挺氣派的。

剛踏進來，李姝色就感受到一種低調的奢華，看似簡樸的景觀，實則造價不菲，簡約卻不簡單。

其實，李琸睿雖然在皇后面前表現得毫無心眼，但是背地裡早就建立起自己的勢力，所以自然也不會節儉到哪裡去。

說是宴會，實則只是個普通的家宴，有婢女引他們入座，正巧這時，李琸睿也過來了。

沈峭跟在他的後面，他們一前一後，同樣氣度卓絕，看著十分養眼。

李姝色連忙走到沈峭面前，眼中有殷殷期盼。「夫君，一切可順利？」

沈峭眼神專注地看著她。「一切順利。」

那就好，李姝色心裡舒了一口氣。

李琸睿這時走過來說：「阿色，許久不見，怎麼見了本王都不喊人？」

是不是所有的哥哥，都喜歡逗妹妹？

李姝色有禮貌地行了個禮。「睿王殿下。」

「到底是生分了，」睿王搖搖頭。「阿色不如在鍾毓村的時候，與本王相談甚歡了。」
李姝色疑惑，他們似乎在村子裡的時候，也沒有相談甚歡吧？
沈峭這時開口。「阿色，妳的店開業時紅紅火火，睿王也出了不少力。」
李姝色疑惑。「啊？」
葉菁眉接話道：「是啊，睿王雖然並未過去，但是很關心你們夫婦呢。」
李琸睿饒有趣味地看著她，越看越感覺這阿色怎麼長得和宮裡那位相似？該不會那昭素真是冒牌貨，眼前這個阿色才是自己的親妹妹？
看著他一臉等著她謝恩的表情，李姝色心裡一哼，哥哥幫助妹妹不是應該的嗎？
她輕抬下巴。「王爺也是因為，我替你找回了黑盒子吧？」
李琸睿樂出了聲。「眉兒，妳看看，我就說這丫頭嘴巴很利，妳還不相信？」
葉菁眉卻道：「阿色明明很乖，就是你偏愛逗她，況且阿色說得也沒錯，她幫了我們這麼大的忙，你替她宣傳怎麼了？」
黑盒子的事，還和葉菁眉有關？
她想問，但是又覺得沒有什麼立場問，若是她恢復了身分，就好開口了。
李姝色識相地選擇閉嘴不問，這時世子說：「本世子都快餓死了，你們能不能邊吃邊說？」一說完，毫不客氣地坐下，彷彿是在自己家中。
大家紛紛入座，葉菁眉挨著李姝色，李姝色挨著沈峭，世子則挨著沈峭和李琸睿，正好坐在她對面，突然朝她笑了下。

李姝色忙避開他的眼神，這個世子玩世不恭，舉止風流，即使是男配角，也收穫了一大票讀者的心，想來這人也是有個人魅力在。

見李姝色躲開，世子開口。「想來你們夫婦也是和睿王有緣，否則怎麼就偏偏是你們拿到了黑盒子？」

沈峭聞言，看向睿王問：「那個黑盒子……」

李姝色想問卻不能問的，沈峭卻可以問，因為他的身分可以開口。

現在就看李琸睿有沒有誠意回覆了。

李琸睿像是看出了他們的疑惑，特別是李姝色一雙大眼滴溜地轉，半點都藏不住心思，就跟之前在村裡碰見時一樣，瞧著有趣又可愛。

李琸睿也沒隱瞞，直接回道：「那裡面藏著兵符的一角，那時眉兒奉旨回京，若是兵符不全，恐怕有大禍臨頭。」

兵符？李姝色有些被驚到了。

不過現在想想也是，葉菁眉是將軍，丟失兵符，哪怕是一角，也是大事，況且還是奉旨回京。

李姝色想到原著開頭好像就是這段，至於之後怎麼找回的，好像是由張素素撞見了黑衣人？

李姝色怔住，看來主角、配角都需要有運道，而張素素的運道在於撿漏。

先是「撿」到鳳凰玉珮，之後又「撿」到黑盒子，因著有這份情在，想來她回宮後的日子，無論如何，李琸睿都會幫她一把。

但後來，張素素越來越不滿足，才會在和沈峭成親後，狼狽為奸。

李姝色心想，怪不得葉菁眉第一眼見到他們夫婦，就如此幫助他們，想來也是有這份緣分在。

這時，葉菁眉拿起酒杯說：「沈峭，阿色，我還未正式和你們說聲謝，這杯酒我先乾了。」

沈峭和李姝色順勢站起來，舉杯同飲。

晚上，養心殿。

皇帝還在批閱奏摺，想到今日看見的進士，臉上閃過激動神色。「福全，查查那個叫沈峭的。」

「是。」福全公公應了聲，隨即又說：「都說父子連心，睿王殿下和陛下想到同一個人去了，今天晚上特地宴請了他們夫婦。」

「哦？」皇帝皺眉。「他成親了？」

福全笑道：「是啊，沈進士毫不掩飾自己已成親這事，咱家還聽見一件趣事，有學子與他交好，想要把自家妹子嫁給他，被他嚴詞拒絕，說家中已有妻子，不會另娶。」

皇帝語氣不明。「有點意思。」

福全說：「大概是些託詞，也許是他妻子貌美，看不上尋常女子罷了。」

皇帝沒有繼續這個話題，又問：「睿王宴請他們夫婦？」

「這會兒正在宴飲吧，」福全猜測，繼續說：「與會的人還有葉將軍和鎮北王世子。」

「他們三人？」皇帝笑罵。「三個臭皮匠，賽過諸葛亮。」

福全不敢接話，一個皇子，一個將軍，一個世子，敢這麼說他們的，也只有陛下了。

「查到為何宴飲嗎？」皇帝問。

福全想了下才回覆。「這沈峭夫婦剛進城的時候，得罪了在鬧市縱馬的撫遠侯家小公子，是葉將軍出手相救。」

皇帝聽到縱馬二字，臉色沈了下去，不過也就瞬間的事。

福全又說：「京城西街口開了一家成衣店，正是沈峭的娘子開的，據說衣服好看，吸引了不少城中女子的喜歡，就連宮裡的公主也喜歡。」

皇帝好奇。「賣衣服，沈峭也允許？」

福全笑了聲。「聽說沈進士可疼愛他娘子了，還說過不管他娘子做什麼，他都支持這樣的話。」

皇帝聞言，語氣微沈。「為女子所困，難成大器。」

這話，福全沒接，怕接了就毀了沈峭一生的仕途。不過，陛下居然這麼說沈峭？他都不知道，他是如何寵愛貴妃，已經惹得朝野非議了嗎？

當然，這話只是心裡話，他可不敢說出口。

這時，皇帝又問：「難不成睿王想要透過葉菁眉，來接觸沈峭，沈峭出仕，將來對他有助力？」

福全沒想到陛下居然疑心至此，不敢正面回答，只是說：「葉將軍此後確實和沈峭夫婦相熟，那次世子也在，所以他們都認識。」

他們都認識，這話說得就有些微妙了。

燭火搖曳，皇帝的臉色諱莫如深。

次日，永壽宮。

送走皇帝上朝，貴妃難得沒有賴床，而是起了身。

花嬤嬤替她梳頭，聊起了一件事。「娘娘，昨日殿試，沈峭大放異彩，陛下似乎很是歡喜。」

貴妃聞言，品了品一個詞。「似乎？」

花嬤嬤聲音低了兩分。「聽福全說，昨日睿王宴請沈峭夫婦二人，陛下聽聞後就不高興了。」

會試榜首的名氣打響後，這位沈進士就在京城出了名，人怕出名、豬怕肥，所以他的行蹤自然會有有心人盯著。

即使沈峭身邊沒有人盯著，但睿王的動向必然是有人盯著。所以這兩者相見，再隱秘也會被有心人知道。

花嬤嬤又說：「陛下似乎一開始有意欽點他為狀元，如今怕是不一定了。」

這只在陛下一念之間。

貴妃問：「他們如何認識的？」

「前些日子，貴妃不是讓奴婢查探他們的動向？奴婢查到他們剛進城遇到撫遠侯四子的事，那個時候小公主就和葉將軍相識。而葉將軍又與睿王相識，想來因著這一層，才會相聚吧。」花嬤嬤猜測道。

貴妃卻覺其中有些古怪。「應該沒那麼簡單。罷了，這沈峭也是，殿試完在家安心等消息便是，怎麼還大張旗鼓地去睿王府裡，生怕別人看不出他們的關係嗎？到底是嫩了些。」

花嬤嬤卻笑道：「聽娘娘這話頭，似乎有意幫一幫？」

貴妃道：「不幫能如何？沈峭若是吃虧，吃苦的還不是本宮的小公主。罷了，兒女債，本宮不可能坐視不理。本宮還真的要好好想一想，盡力清除陛下的疑心才是。」

由於前天晚上喝了不少酒，李姝色在沈峭懷中睡到天色大亮才睜眼。

現在沈峭就處於高考後放鬆狂歡的階段，所以也不早起溫書，就陪著她一起睡。

她一睜眼，就見到沈峭的桃花眼正看著她，似乎要把她給盯出花來。

李姝色伸手，有些不好意思地摸了摸他的臉，嗔道：「夫君為何這般看我？」

「妳好看。」沈峭不假思索地回。

李姝色也毫不猶豫地回道：「夫君也好看。」

每次她這麼說，就是真的覺得他好看。

沈峭都覺得，如果他長得醜，怕她也不會多看他幾眼。

很久沒有這般的溫情時刻，李姝色打了個哈欠，往沈峭的懷裡躲了躲，呢喃道：「不想醒，還想繼續睡。」

沈峭拍了拍她的肩膀說：「那就繼續睡吧。」

李姝色臉頰蹭了蹭他的胸膛，繼續撒嬌。「那夫君陪我睡。」

「好。」

李姝色閉上眼睛，算是滿足了，不過很快就想起一件事，睜開眼睛問：「夫君，那張秋生是不是要被放出來了？」

沈峭臉上的溫情瞬間收起，眼中泛著詭譎的光。「快了。」

李姝色不滿地噘起嘴巴。「也太便宜他了。」

沈峭則道：「不著急。」

等他殿試結果出來，有得是法子慢慢收拾那些人，一個都跑不了！

大理寺監獄。

張二嬸子將碎銀子遞過去，笑咪咪地道：「牢獄大哥，我就給我兒子送頓飯，你就行行好，放我進去吧。」

獄頭掂了下分量，放她進去。

張二嬸子熟門熟路地來到張秋生的牢門前，將食盒放下，輕輕喚了聲。「三寶。」

張秋生從睡夢中醒來，撐著手臂坐起來，然後扶著腰，哎喲哎喲地叫著來到欄杆處，臉上焦急地問：「娘，妳今日給我帶什麼好吃的了？」

「有叫花雞，有紅燒獅子頭，還有你小時最愛吃的雞蛋羹。」張二嬸子細數著，將碗筷透過縫隙遞給他。

張秋生接過，問她。「娘，昨天是不是殿試的日子？」

張二嬸子回答道：「是啊。」

張秋生又問：「那沈峭呢？」

張二嬸子眼中閃過暗淡的光。「據說他語出驚人，答題答得極好，陛下很是歡喜。」

張秋生的心往下沈了沈，咬了口獅子頭，感受味蕾的歡欣跳躍，眼底閃過一抹狠光。「娘，看這情勢，不是他死，就是我亡。」

張二嬸子渾身一顫。「怎麼會？再過幾日你就要被放出來了，娘已經給你打點好了。」

張秋生放下碗筷，雙手死死地抓住她的手說：「娘，妳也不想我死吧？如果他得了狀元，那第一個弄死的人肯定是我啊。」

張二嬸子眼眶瞬間泛紅道：「別胡說，他不會的。」

「他怎麼不會，妳也瞧見那日，他是怎麼看我受刑的，可沒有半點心軟！」張秋生厲聲道。

張二嬸子愣住，想到那日沈峭冰冷地看向自家兒子的目光，話就卡在喉嚨。

這時，張秋生低聲道：「娘，將他放出來。」

張二嬸子直接回絕。「不行！」

張秋生死死扣住她的手。「妳告訴他沈峭的位置，他就知道該怎麼辦了。如果妳想妳兒子還能活命的話。」

張二嬸子怔住，一句話也說不出來。

當初老五跟著張家父子二人混進京城。

沒承想，張家合謀，將他迷暈，再醒來時就被關進了地下室。

但礙著他的身分，也不敢殺他，所以就這麼關著他。

直到今天，張二嬸子拿著鎖鏈的鑰匙，腳步顫巍巍地走進地下室，來到老五跟前說：

「我……我兒子讓我告訴你，沈峭的下落，你如果肯殺了他，我就放了你。」

老五和沈峭之間的恩怨，他們張家是知道的，張家本不欲摻和這事，又害怕老五盜匪的身分曝光，將他們一家人拖下水，所以才這麼鎖著他。

沒想到，今日張秋生還是願意賭一把，他賭將老五放出來，他會去殺了沈峭。

沈峭一死，他張家再舉報老五，這樣一舉兩得，同時除掉兩個威脅。

老五眼中泛著幽光，嘴角扯出輕蔑的弧度。「好。」

張二嬸子救子心切，真的將鎖給打開。

噹啷一聲響，鎖鏈全部落在地上，老五站起身子，高大的身軀逼得張二嬸子後退兩步。

老五動了動手腕，眼中滿是殺氣。

張二嬸子害怕地不敢再瞧他，指著入口說：「他現在就在西街口的雲裳成衣店，那是他娘子開的店，你現在過去，定能碰見他們。」

為了張素素的身分著想，將李姝色一併除去才最好。

老五輕蔑一笑，突然伸手，擒住她的脖子，狠狠掐著，冷聲道：「就憑你們，也妄想威脅我？」

張二嬸子被嚇了一大跳，窒息感瀰漫全身，痛到快不能呼吸，她伸手死死撓著老五的手臂，卻未撼動分毫。

這時，地下室入口處出現兩道身影，待看到裡面的情形後，女子大喊一聲。「乾娘！」

隨後，女子身後的身影一動，利劍出鞘，差點砍斷老五的一條手臂。

昭素連忙上前扶住張二嬸子的身子，幫她平復呼吸，看著眼前糾纏在一起的老五和遙祝的身影問：「乾娘，這是怎麼回事？」

張二嬸子道：「快，素素，讓遙祝別殺了那人。」

昭素朝遙祝喊道：「遙祝，抓住他，別殺了他。」

遙祝得令，手上的招式越發變幻無窮。

昭素扶著張二嬸子出了地下室，遙祝則在地下室看著老五。

老五沒想到眼前這個少年，武力居然如此高強，今日怕是不能善了。

張二嬸子緩了口氣，將事情的來龍去脈和昭素說了。

昭素聞言，臉色徹底沈了下去，她萬萬沒想到，她爹和三哥不過就回了鍾毓村一趟，居然惹出這麼多事。

還有就是地下室那人，居然想要殺了沈峭。

昭素道：「不行，沈峭不能殺。」

這就是張家人不肯告訴昭素的原因，昭素一定會阻止他們殺沈峭。他們那時就意識到，他們張家和沈峭不是你死、就是我亡的結局。

「素素啊，妳可不能因為沈峭，而置全家於死地啊。」張二嬸子苦口婆心地勸。

「乾娘，那個時候，乾爹和義兄們也是存了私心，若是他們沒有想到禍水東引，今日又怎麼會被沈峭如此針對？」

張二嬸子不由得翻了個白眼，都這時候了，她還在為沈峭說話。

昭素繼續說：「若你們想要殺了李姝色可以，但是沈峭不行！沈峭昨日讓陛下龍心大悅，估計能狀元及第，我想求父皇賜婚，讓我嫁給沈峭。」

張二嬸子愣住。「什麼？」

「狀元配公主，不是絕配？話本裡都是這麼寫的。」昭素理所當然地道。

張二嬸子難以置信地瞪大眼睛。「妳瘋了？」

「乾娘，女兒想清楚了，女兒就是要沈峭。世子，我不稀罕，況且世子說過我醜，我嫁給他也不會幸福的。」昭素回答。

其實，張家的想法很簡單，既然貴妃的女兒與世子從小就有婚約，這樣將素素和世子的婚事定下也好，這樣他們家又多了一條大腿可抱，那可是鎮北王！

日後若再發生張二寶、張三寶的事，鎮北王若是肯開口求情，哪裡需要貴妃去觸陛下霉頭，還惹得貴妃與昭素被冷落一段時日？

他們的算盤打得噼啪響，奈何昭素現在不肯聽他們的。

而且那世子也的確可惡，竟特地跑去宮裡，當著昭素的面說她長得醜，半點都和貴妃不像的話。

說醜也就罷了，還說她與貴妃長得不像，這就更加觸了昭素的逆鱗。所以，昭素恨上世子，萬萬不肯和他親近，只是拿這婚事偶爾刺激清瑤公主罷了。

張二嬸子嘆了聲。「素素，妳真的想好了嗎？若是今後沈峭知道真相，他未必不會怨恨妳。」

「是乾爹和義兄們做的事，我是公主，與我何干？」昭素固執地說。

此刻，她們還不知道，張二寶已經暴露，沈峭已經知道真相了。

第五十八章　遇刺

李姝色想擴張生意版圖，便出門去尋好的布坊，她對料子的要求越來越高，目標客戶更是鎖定在京城的貴婦與貴女身上。

隨著她一起出門的是小玉，小蘭在店裡坐鎮，如今她們二人已經上手，她也能輕鬆些許。

看了幾家布坊，李姝色都不是很滿意，又聽說東街口深巷裡有家被皇商除名的布坊，以前專門提供布料給皇室，但因得罪宮裡的貴人，所以才會淪落至深巷，無人問津。

雖無人問津，布料卻是極好的，畢竟以前為皇室服務的底子還在。

李姝色聞言，興沖沖地打聽了路。

京城有多大，其中道路四通八達，縱橫交錯，你能想到的深巷有多深，它就有多深。

只不過，那家布坊搬到了最深處，實在很難有人像李姝色這般去尋。

進入幽巷，世界彷彿都靜下來，耳邊只傳來呼吸聲和小玉惶恐的聲音。「夫人，這巷子也太深了吧，況且家家戶戶都閉著門，我都懷疑裡面還住著人嗎？」

李姝色倒是不怕。「大白天的，不必害怕，關著門並不代表裡面沒人。」

話音剛落，突然她們眼前閃現一道黑影，他穿著夜行服，在白日裡格外顯眼，腰掛彎刀，宛若殺神。

李姝色察覺到他身上不友善的氣息，心下微沈，試探般地開口道：「公子，我們要進去尋人，可否讓個道？」

小玉嚥了嚥口水，也說：「我家夫人想要進去尋人，公子若是無事，還請讓個道。」

誰知，那人非但沒有讓路，反而問：「妳是李姝色？」

李姝色的心沈到谷底，但是沒有退縮地問：「公子認識我？」

「好，」那人呵呵一笑。「殺的就是妳！」

說罷，那人緩緩從腰間抽出彎刀，刀身冷冽，泛著刺目的白光。

李姝色將腦海中的仇人都過濾了一遍，又仔細打量眼前的男人，發現她並不認識他。不認識，卻有仇，掰著手指頭數，都能數得過來。

「公子，我即使是死，也要死個明白，我與你無冤無仇，你為何要殺我？」

「無冤無仇？」男人冷笑。「誰叫妳所嫁非人？沈峭殺我兄弟，我便要拿他的娘子償命！」

李姝色心中一驚，脫口而出地問：「你是老五？」

是了，他就是那個逃跑的盜匪！還是殺害沈父、沈母的凶手！

她的血都沸騰起來了，仇人相見，分外眼紅。

李姝色咬著牙問：「是你殺死了爹娘？」

「認出我了，也好，讓妳死得明白！」他舉起刀，不屑地問：「是我又如何？」

真的是他！李姝色死死咬著下唇，仇人近在眼前，讓她如何不恨？

他們夫婦一直以為他還在良州，沒想到他居然也來了京城，作為全國通緝的在逃要犯，他是怎麼混入京城，又是怎麼找到他們夫婦的？

李姝色細思極恐地問：「是誰幫助你的？憑你一人之力，斷無可能混入京城！」

「哼，妳還挺聰明的，不過妳都要死了，這就不是妳該操心的了。」

老五說罷，便徑直向李姝色刺了過來。

小玉下意識地擋在她面前，偏頭大喊：「夫人快跑！」

這傻丫頭，她如何能逃得了？他要的是她的命啊！

眼看著彎刀越逼越近，李姝色有些絕望地閉上眼睛，也不知道她死在這裡，沈峭會不會發現她是被誰殺害的？

也罷，他終究是要為爹娘報仇，順帶著也算上她這一份。

只不過……

他應該會傷心死吧？

爹娘沒了，她也沒了，他今後該怎麼活？

李姝色正胡思亂想著，就在這時，耳邊傳來「噹啷」一聲，那彎刀被橫空出現的劍從中切斷！

李姝色茫然地睜開雙眼，只見一名男子揮拳打向老五的胸口，硬生生將老五擊退三步！

她心中一驚，湧現死裡逃生的慶幸時，也拉著小玉的手，連忙後退兩步，遠離戰場。

小玉看著與黑衣人纏鬥的白衣人，拍了拍胸口問：「夫人，您知道恩人是誰嗎？」

李姝色也看清救命恩人的臉，喃喃出聲。「世子？」

「啊？」小玉震驚地看向白衣人。「鎮北王世子？」

是的，是他。

怎麼這麼巧，他怎麼會突然出現救了她？

老五顯然不想和世子纏鬥，放下一個煙霧彈，便轉身迅速逃開。

世子有些嫌惡地伸手揮開漫天的白霧，譏笑道：「跑得挺快的，本世子還沒活動開呢。」隨後，來到李姝色跟前，眼睛定定地看著她道：「本世子救了妳一命，但不必言謝，本世子只是路過。」

李姝色感激的話瞬間被堵了回去，她問：「世子怎麼在這兒？」

世子聲音慵懶地回道：「來這裡辦點事，誰知就遇到了妳，本世子不是鐵石心腸的人，所以就救妳一命。」

李姝色還是福了福身子道：「多謝世子救命之恩。」

世子卻突然低下頭，眸光瀲灩地盯著她雙眼，也不顧小玉在場，直接問：「為什麼那日在睿王的宴會上，說本世子喜歡錯了人？」

「啥？」李姝色一瞬間，腦子有些懵。

她努力回想那晚，她好像喝得有些多，喝醉之後還跟葉菁眉划拳。

本來葉菁眉帶隊時，就會和手底下的將領們划拳喝酒，打成一片，所以碰到會划拳的李姝色，她的興致就更高了。

兩個人的興致都高，那邊睿王和沈峭也不知道在說什麼悄悄話，只不過兩個人的目光瞥過來的時候，都是滿眼的寵溺。

好像中途世子也過來湊過幾次熱鬧，抓著葉菁眉的手腕，說她出錯了。

葉菁眉嚷嚷著讓他放手，她愛怎麼划、就怎麼划。

這時，喝多了的李姝色也開口。「你放開她，她愛怎麼來、就怎麼來，你說你是對的，那你還不是喜歡錯了人？」

回憶到此，李姝色臉色都白了。

不會吧，她不會醉酒到把劇情給說漏嘴了吧？

李姝色先是打發小玉走開兩步，隨後看向世子說：「我一時口誤，世子千萬別放在心上。」

「是一時口誤？」世子漫不經心地收起笑，面無表情的樣子有些嚇人。「怎麼本世子感覺，每次我和葉將軍一同出現的時候，妳就會擺出看戲的表情？」

難道，她的樣子就這麼明顯嗎？

不會吧？她已經很克制了啊，況且男、女主角同框的時候，她……

她還沒有腹誹完，又聽見世子說：「當她和睿王在一起的時候，妳的眼睛就會冒亮光，就像天上的星星般。」

那就是所謂的星星眼啊。

等等，世子這話是什麼意思？不會察覺出什麼了吧？

李姝色皮笑肉不笑地道：「我哪有？」

她只是想要單純地看戲而已。

世子眼眸沉了沉。「妳明明就有。妳該不會看出本世子喜歡葉將軍吧？」

這就承認了？你如果早承認，也不一定有男主角什麼事，不就是死鴨子嘴硬，才變相撮合了男、女主角？

誰能想到，看似風流的鎮北王世子，多少京城貴女的春閨夢裡人，私下竟是一心一意愛慕一個人的癡情種？

李姝色裝傻地問：「啊？原來世子喜歡葉將軍啊！」

她裝傻的樣子實在太不像，世子有些惱怒地伸手，屈起食指狠狠地敲在她的腦門上。

李姝色吃痛地叫出聲，水眸瞪了他一眼。「好疼，你幹麼打我？」

世子咬牙道：「疼就對了，記住這種痛，若是今後敢說出去，本世子就天天敲妳腦袋！」

其實這一刻，李姝色有些可憐他，不就是喜歡一個人，何必這般小心翼翼？

不過，若是明知道沒有結局，他又能如何？也只能藏在心底，然後用武力威脅每一個知道他秘密的人。

李姝色摸了摸額頭，哼唧道：「知道了，不會說出去的。」

世子這才滿意地抬起頭，不再用言語威脅她。

李姝色收回手，心下不忍，還是說了句。「葉將軍和睿王是天生一對，正所謂天涯何處無芳草，世子又何必心心念念著將軍不放？你若放寬心，天下之大，總會有讓你再次心動的人。」

當時她看原著的時候，也心疼過眼前這位世子，便好心地提點兩句吧。

他們是真的沒有結局，葉菁眉注定是睿王的，況且他倆真心相愛，旁人也拆散不了。

世子聞言，語氣微惱。「妳當本世子是什麼人，三心二意之輩？本世子若喜歡一個人，喜歡便是喜歡，管她心中有沒有本世子，本世子斷不會移情別戀。」

男配角不愧是男配角，這話說的，任由天下哪個女子聽了，都會心動的吧。

可惜，他這話沒有對葉菁眉說過，居然對她說了。

所以，她知道得再多也沒用。

李姝色嘆口氣。「世子，你這話有對將軍說過嗎？」

世子沒想到她會有這一問，誠實地回道：「沒有。」

李姝色在內心翻個白眼。「那你與我說也沒用，我會信守承諾，不會將你的秘密洩漏出去。」

世子又盯著她看了眼，道：「本世子怎麼越看越覺得妳像一個人？」

李姝色警惕出聲。「誰？」

他坦言。「貴妃。」

長相這事，她還真控制不了，況且隨著年紀漸長，她比之去年又長開不少，都說女大十八變，自然是越變越漂亮。

李姝色道：「世子在說笑吧，我怎能與貴妃娘娘相提並論？」

世子審視的眼神看著她，突然笑了。「誰知道呢，妳不也是鍾毓村的嗎？那昭素也是，她長得不像貴妃，妳倒是像，說不定妳們換了身分也未可知。」

他的思維居然這麼跳躍，李姝色心裡更是驚了下，但還是語氣平平地回道：「世子說笑了，公主認親這麼大的事，貴妃娘娘怎麼可能弄錯？」

世子但笑不語。「說來，本世子還與貴妃的女兒有婚約在身。」

李姝色渾身打了個顫。

不說昭素，但說貴妃的女兒，他這是什麼意思？

李姝色完全猜不出他的心思，索性就不猜了，淡淡地「哦」了聲。

世子沒從她臉上看出些許破綻來，也沒有繼續留下的心思，抬腳便走了。

小玉走過來，也不打聽，就問：「夫人，我們還去布坊嗎？」

「去。」

這一趟來布坊還是有收穫的，布坊負責人姓陸，李姝色很喜歡這些布料，於是訂了一批貨。她訂的數量多，布坊也很長時間沒有接過這麼大的單子，內心欣喜，在價格上也給了她優惠。

回去後，李姝色直接去後院找沈峭。

當其他學子在外交際應酬的時候，他倒是能靜下心來在家溫書，近日有好些府邸來邀請他，他一概拒絕，還惹出不少閒話。

進屋後，李姝色開門見山。「夫君，你猜猜我今日看到誰了？」

沈峭擱下書，看著她凝重的表情，猜測三秒，沒有頭緒地搖了搖頭。

李姝色說：「老五！」

沈峭聞言，面上一驚，立馬站起身來走到她跟前，雙手握住她的肩膀，上下打量她一圈，整顆心都要跳出來了。「妳沒事吧？」

李姝色搖搖頭。「沒有，是世子救了我。」

沈峭疑惑。「世子？」

李姝色點了下頭。

沈峭心中鬆了口氣，道：「看來以後有機會，要好好感謝世子才是。」

李姝色也覺得應當如此，她拉著沈峭的手坐下，說：「夫君，老五為什麼會出現在京城，這一點不是太奇怪了嗎？」

老五一個在逃盜匪，怎麼躲過追查的，在京城這麼久，為什麼都沒有人發現？若是說背後沒有人相助，誰都不信。

夫妻倆都不是傻子，自然想到一處去了。

沈峭說：「他背後有人，否則不會安然在京城待這麼久。」

李姝色沈思片刻說：「還有就是他背後的人很奇怪，既然要派老五殺我們，為何不一早殺了，偏偏要等到這個時候？」

沈峭也說：「等到這個時候確實奇怪，除非之前老五受制於人，而他背後的人之前不想出手殺我們，如今卻又因為什麼事要殺掉我們，所以就把他給放出來了。」

李姝色點點頭。「夫君與我想到一處去了。如今夫君剛剛殿試完，就有人迫不及待地派他來殺我們，想必是忌憚夫君在殿試中的表現，怕夫君得了狀元後對他們不利。」

「在我們的仇人中，能有這種想法的也只有……」

兩個人再次異口同聲。「張家！」

是的，老五之前盤踞在良州，在京城怎麼可能有親戚可以投靠？他能夠認識的京城裡的人，可不就是張家父子嗎？

肯定是脅迫張家帶他進京，卻又不得不受制於張家。

如今張秋生被關，又聽聞沈峭在殿試中的表現，害怕沈峭出仕後會再找他算帳，所以讓老五來殺他們夫婦。

本來，他們與老五就是有仇的。

這也是張家慣用的伎倆，借刀殺人。

李姝色冷哼。「等夫君當了官，第一個收拾的就是他們！」

沈峭眸光微沈，手指緊緊抓住李姝色的手，嘴唇抿成直線。

張家，該殺！

第五十九章　要聽話

養心殿。

貴妃拿著糕點進去的時候，恩科殿試的名單剛出來，就擱在案桌上，只不過皇帝還沒有批注。

貴妃行完禮後，端著親手做的糕點上前，放在桌子上，等著皇帝品嚐。

皇帝還在批閱奏摺，一時間竟無心顧及她。

貴妃放下糕點後，便找了個位置坐下，找了一本書自行翻閱起來。

過了好一會兒，皇帝這才擱下筆，眼神看向她。「嬌嬌，在看什麼？」

貴妃隨意將書擱在桌面，回道：「沒什麼，臣妾不喜歡看的書。」

皇帝好笑地看著她。「不喜歡還看？」

貴妃語氣帶著點小傲嬌地回道：「那臣妾總不能坐在這兒乾瞪眼吧？」

皇帝徹底被她逗笑，宮裡也只有她敢這麼對他說話，便向她招了招手，讓她過來。

貴妃走到他身邊，狀若不經意地往名單上一瞟道：「咦，沈峭？」

正在吃糕點的皇帝好奇地問：「妳知道？」

貴妃問：「是不是鍾毓村人？」

皇帝想了下，點頭算是回應了她。

貴妃則笑道：「臣妾之前沒有跟您說。臣妾去鍾毓村接回素素的時候，碰到一個姑娘，她長得十分好看，模樣倒與臣妾有幾分相似，她的夫君便是叫沈峭。」

這個訊息量貴妃說得有些多，皇帝過濾了下，先是好奇地問：「那姑娘叫什麼名字，今年多大，與妳有幾分相似？」

貴妃一一回答。「那姑娘叫李姝色，與素素一般大的年紀，當時臣妾看到她的時候，都震驚了，還以為看見了從前的自己，若是她身上有玉珮，臣妾恐怕要以為小公主就是她了。」

皇帝聞言，大手一把拉過她的腰，使得她靠近幾分，語氣低沈地打趣道：「孤記得在素素這個年紀，妳剛入宮不久，每次侍寢的時候都會害羞，害得孤都不好意思多欺負妳。」行吧，她都提醒得這麼明顯了，哪知他腦子裡竟然想到這事，她也是沒辦法了。

貴妃嬌嗔地嚷道：「陛下……」

皇帝很是受用。「好，孤不打趣妳了。想來，這沈峭夫婦也是與妳有緣。」

「是啊，陛下不是問過臣妾將玉簪賜予誰了嗎？臣妾當時說賜給了一個姑娘，那姑娘就是李姝色。」貴妃還是決定再次點撥他下。

哪知，皇帝竟道：「哦，想來那個叫李姝色的是入了妳的眼吧。」

貴妃無語了。

阿色就是小公主的秘密，看來還需要再埋一段時間。

畢竟，張素素這個靶子挺好用的。

之前張二寶的事，不就是皇后那邊設計的嗎？還有張三寶，他在龍章書院處處與沈峭作對，身邊追隨的人不就有皇后的偏遠旁支嗎？皇后根本不在意張三寶打的人是誰，只是想要讓張三寶犯錯罷了。

好在這次昭素算是有腦子，讓張三寶在牢裡待一段時日，沒有過來煩她。否則，她還得費心周旋一番。

現在，二皇子信王又貌似「關心」起昭素這個妹妹，兩人這些天見了好幾次面，昭素居然還在她跟前說起信王的好話，當真不知皇后與信王的葫蘆裡在賣什麼藥？

皇帝又把話題拉回沈峭身上，說：「這個沈峭是有才，但是殿試當晚就進了睿王的府邸，孤真不想封他為狀元。」

果然如此，皇帝忌諱結黨營私，如今沈峭竟與皇子高調往來，好似怕別人瞧不見般。

貴妃沒有順著他的話說下去，而是說：「臣妾記得，當初魏忠去良州剿匪的時候，似乎也碰到了沈峭？」

皇帝聞言，腦海深處隱約浮現這個名字，不過記不太清，便吩咐福全。「福全，喚魏忠來。」

魏忠到來，跪下行禮，心中有些忐忑，不知陛下因何召他。

皇帝開口。「魏忠，你可認識一叫沈峭的進士？」

魏忠掌管錦衣衛，自然知道他口中的沈峭是誰，想著殿試已過，陛下喚他來定是要問沈峭的人品學識。

他想到沈峭在剿匪中的功勞，便坦言道：「當時臣奉命圍剿良州盜匪，胡通幾個人僥倖逃脫，臣遍尋不得，還是這個叫沈峭的進士相助，才一舉殲滅。」

這麼一說，皇帝有了印象，原來當時魏忠口中的沈峭，便是這個沈峭。

魏忠又說：「沈峭雖是書生，但臨危不懼，心中有大義，被盜匪的刀架在脖子上，也面不改色，後來更是帶臣成功找到胡通。」

話雖少，但是該說的一點都沒有落下。

沈峭未進京前，就已經在剿匪中立下功勞，這功勞在良州的萬千百姓。

貴妃這時笑著開口。「看來陛下得好好賞賜沈峭才是，臣妾看這沈峭是當官的好苗子。」

魏忠也順勢道：「是啊，臣看那沈峭不似一般學子，若心中沒有百姓，恐怕早就被嚇跑，不會帶臣去找胡通了。」

皇帝沒有說話，揮手讓魏忠退下。

貴妃看自己說得差不多，也沒有繼續誇下去，否則會適得其反。

等魏忠退下，皇帝才說了心中的顧慮。「這個沈峭，是個當官的料子，就是太看重他的娘子，這樣的人難保可成什麼大器。」

貴妃聞言，心道疼娘子好啊，反正疼的是小公主，她巴不得沈峭將小公主看得越重越好。

她笑道：「難道陛下就不看重臣妾嗎？」

皇帝看向她的眼神愣了下，之後笑罵了句。「妳呀。」

算是拔掉了這個顧慮，但是還有另一個顧慮，皇帝心中始終是有刺的，他說：「他進京後倒也安分，不曾到處遞拜帖，也沒瞧見他去赴哪家的邀帖，怎麼就去了睿王的府邸？」

貴妃想了下，說：「陛下，睿王與他差不多的年紀，兩個人也許相談甚歡，喝幾杯酒又怎麼了？年輕人嘛，難道陛下在他們這個年紀，就不曾與人喝酒了？」

皇帝驟然想起，他當年與鎮北王喝酒的日子，道：「說得也是，孤那時與伯仲也是喝酒吃肉，暢談古今。」

聽皇帝提到鎮北王，貴妃心中就不大舒服，沒有接話。

皇帝似乎很是懷念那個時候，又和貴妃說了好多那段時光的事，貴妃就靜靜聽著，終於等他說完，她才福身離開。

話就說這麼多，剩下的就交給天意吧。

景仁宮。

吳嬤嬤幫皇后邊揉太陽穴，邊道：「娘娘，信王按照計劃，已經在接近昭素了。」

「那孩子可有發現什麼？」閉著眼睛的皇后問。

吳嬤嬤答道：「暫時還未，不過昭素似乎真的將信王看做哥哥，越發黏信王呢。」

皇后輕笑。「這小賤人，倒是不如貴妃，給點甜頭就搖起了尾巴。」

那時信王為了討昭素的歡心，可是下了血本，搜羅不少好東西，哪個姑娘見了不開心？

吳嬤嬤又道：「聽說殿試名單出來了，皇帝有意欽點沈峭為新科狀元。」

「沈峭？」皇后睜開眼睛問：「是不是和張秋生結仇的那個？」

吳嬤嬤回答。「娘娘好記性，正是此人。」

皇后嘴角輕輕勾起。「既然如此，就把這個名字遞給父親。」

吳嬤嬤應道：「是。」

永壽宮。

遙祝臉色有些不好看地跟昭素說：「公主，信王說在御花園等您。」

「二哥？」昭素臉上閃過一絲驚喜，站起身道：「他定是又給我帶什麼好東西了！」隨後迫不及待地邁開步子。「遙祝，走。」

她這個樣子，實在像極了沒有見過什麼世面的小家子，況且遙祝知道信王是皇后的兒子，皇后向來與貴妃不對盤，她的兒子又怎麼會真心對公主好？

可是他勸過，公主就是不聽，公主還將那個叫老五的匪賊安置在張家，恐怕是想著有人在外面，做起外面的事來也方便些。

總之，他越來越看不透公主，總感覺公主好像有事瞞著他。

遙祝跟在昭素身後，見到信王，不情不願地行了個禮。

要真論起來，皇帝的幾個兒子，太子、信王、睿王，還有未滿十六歲的小皇子，每個長得都不錯，太子模樣隨陛下，信王則隨了皇后，睿王也隨了離世的親娘，小皇子才剛長開，眉眼間已然有了陛下的痕跡。

但如果一較高下的話，還是睿王生得最為俊美，畢竟他母妃的樣貌當年可堪與貴妃相爭，也確實入了陛下的眼，只可惜故去得早。

而後便是太子，之後才是信王。信王的長相確實是隨了皇后，雖待人溫和，見面三分笑，但是這幾分笑中又有多少真心實意，恐怕就不得而知了。

遙祝雖有心提醒，但在昭素心中他不過一個奴才，究竟有多少話語權，也全看昭素心情。

昭素微笑地打招呼。「二哥好。」

昭素自然是樂於和信王見面，因為信王每次進宮，不去見自己的親妹妹清瑤，反而來見她，她當然相當得意，在清瑤面前又得了好些臉面。

而且，信王從她剛進宮那會兒，就從來沒有看不起她，向來待她有禮溫和，近段日子想必是有心拉近兄妹間的距離，這才頻頻相見。

昭素這麼想著，聽到信王說：「素素，我今日帶來個好東西，想要給妳看看。」

他語氣中有股不知名的蠱惑，昭素瞬間來了興趣。「在哪兒？我想要看看！」

「這東西珍貴，我害怕人多，它會不見，不如就我們兩個人去看吧。」信王意有所指地看了眼遙祝。

遙祝心下一沈，怎麼有股不好的感覺？

昭素實在好奇，便對遙祝說：「你就在這裡等著，本公主陪二哥去看看。」

遙祝皺起眉頭，不情不願地應了聲。「是。」

昭素跟著信王進了假山。

剛開始，她還以為是奇珍異獸之類的走獸，被人看見還會嚇跑，再不濟也是什麼玉石雕花，不小心碰了就會碎掉。

沒承想，竟是空空如也，什麼東西都沒有。

昭素的臉上閃過一絲茫然。「二哥，東西呢？」

信王雙手一攤，眼含興味地道：「沒有。」

昭素立馬不解地問：「什麼？」

信王勾了下唇。「本王的好東西自然是要給妹妹看，妳是本王的妹妹嗎？」

被質問的昭素心中一緊，她不太明白信王的意思，逃避地後退一步說：「二哥，你是在說笑嗎？」

信王但笑不語地看著她，朝她走來，她越是往後退，他就越是靠前。

他步步緊逼，她步步後退，直到身子抵在嶙峋的假山石壁上，退無可退的時候，他擒住她的手腕，壓在她的耳旁，聲音低沈威脅地問：「素素，妳想要往哪裡去？」

昭素面色脹得通紅，無論如何這都超過了正常兄妹間的接觸距離，她有些惱怒地問：「二哥，你這是要幹什麼？」

下一秒，一根微涼的食指抵在她的唇邊，信王低下頭，說了句讓昭素膽顫心驚的話。

「本王查到，鳳凰玉珮不是妳的，是你們家從沈家買的。」

昭素吃驚地微微張唇，畢竟在宮裡歷練一段時間，雖然沒有練就像貴妃那般處變不驚的定力，但她還是很快回神，怒道：「你胡說，我不知道你在說些什麼！」

信王笑了。「妳前幾日不是讓人刺殺一個叫李姝色的女子，本王就派人查了查，一查之下才知道妳家與她家的淵源，還有她公婆死亡的真相。於是，本王昨晚就派人扮鬼嚇唬妳爹娘。」

昭素的心狠狠一跳，抬眸震驚地看著他。

信王繼續說：「沒想到，妳爹娘作賊心虛，竟是把什麼都給說出來了。」

昭素雙眸瞪大，一句話都說不出來。

信王慢悠悠地鬆開禁錮她的手臂，剛剛這麼做也只是防止她突然跑開，不遠處那個叫遙祝的奴才可是一條認主的瘋狗，不好對付。

昭素的手倏地滑落，亦如她的心，跟著一起跌落深淵。

信王看著她滿眼驚恐害怕的神情，低低出聲。「原來妳就是個小偷，占據了那個叫李姝色的玉珮，妳爹和妳哥更是心狠，居然想要將沈家置於死地。」

當時侍從向他稟報的時候，他都嚇了一跳。

今日吳嬤嬤向他打聽有關昭素的事，但是他什麼也沒有說，因為這個秘密掌握在自己手裡，才能將利益最大化。

昭素小臉白了下，顫抖著唇回答道：「我什麼都不知道，你又沒有證據。」

「妳這張臉就是最好的證據，妳這麼急於除掉李姝色，不就是因為她長得和貴妃越來越像嗎？」

被看中心思的昭素垂眸，指尖捏緊，咬著後槽牙，沒有說話。

「不過，妳的優勢在於，妳有鳳凰玉珮，她即使長得再像，也不會名正言順。」信王緊接著道。

昭素抬眸，聲音沙啞。「你與我說這些，是為了做什麼？」

信王直接回道：「說實話，誰當公主對本王來說都無所謂，本王要的是對自己有利的妹妹，妳能明白本王的意思嗎？」

明白，如何不明白？

昭素再次沈默，她喜歡利用別人，但是不喜歡被別人利用。

信王看穿她的自私和猶豫，漫不經心地說：「自然了，本王也可以將這個秘密說出來，接真正的小公主回宮。那麼，妳如今的公主之尊、遙祝無怨無悔的追隨，以及妳張家的榮華富貴，恐怕就要一夜消散了。」

信王說的每一句，都精準地痛擊昭素的弱點，昭素慌忙地伸手向前，一把抓住他的衣袖，懇求地說：「不要，二哥，求你不要。」

信王知道她是個擅長演戲的人，而且當時和清瑤互搧巴掌的事，她居然能夠陷害清瑤，無理也要占三分理，可見是個攻於心計的，難怪清瑤不是她的對手。

有些事，不好交給清瑤去做，但是可以交給昭素做，況且她身後站的是貴妃，她出事也能拉貴妃下臺，簡直一舉兩得。

想到這裡，信王伸手挑起昭素的下巴，湊近她，薄唇微勾。「乖，只要妳聽話，二哥會一如既往地疼妳。」

張二叔和張二嬸還因昨夜的驚嚇驚魂未定，特別是張二嬸，雖然知道沈父、沈母是被一刀割喉，還被懸梁，但是真正看到扮演的鬼魂時，衝擊太大，以至於第二天晨起就發起高燒。

張大寶不知道昨夜發生什麼事，一覺醒來，爹就變得無精打采，娘也生了病。

張二叔打發他去外面請大夫，自己則留下來看顧張二嬸子。

張大寶剛出門不久，突然有道黑影破窗而入，張二叔如今草木皆兵，連忙站起身來向後看。「誰？」

待看到來人，張二叔如雷般的心跳這才稍稍穩了穩，他問：「是你？」

來人正是當初告訴他，貴妃將要去鍾毓村接回小公主的人，但是還要他小心應對，不要露出馬腳。

來人同樣用黑衣包裹全身，只露出一雙陰鷙的眼睛，一開口就是毫不留情地怒罵。「蠢貨，被隨便嚇唬，就把什麼都給說出來了。」

張二叔的臉色瞬間變得陰沈，當時在這人面前，他可是梗著脖子說「素素就是公主」，如今自打嘴巴，他的臉色怎麼好看得起來？

聽他的話，難道昨天是有人故意嚇唬他們夫婦？

張二叔怒問。「是誰要嚇唬我們？」

「哼，他的身分，你們還不配知道。」來人不屑出聲。

張二叔極力穩住身子。

來人繼續道：「管好你們的嘴，若下次再敢把這些話說出來，小心你們的腦袋！」

威脅完這句後，黑衣人一個閃身，從窗戶一躍而出。

看著黑衣人消失的張二叔，身體晃了晃，雙腿一軟，癱坐在床沿邊。

黑衣人腳步不停，一路來到鎮北王府，等到了地方，才將頭上的帽子摘下，將面上覆著的面巾拿下，露出一張平平無奇的臉，不過左頰處有道長長的疤痕，一直蜿蜒至嘴角處，看著有些可怖。

他推開門，朝正在擺布行陣步兵圖的男子拱手道：「王爺，話已帶到。」

鎮北王指著對面的座位說：「景馬，坐。」

景馬聞言，上前坐好。

鎮北王說：「看來，二皇子的確是比太子更有腦子。」

景馬接話。「二皇子與撫遠侯同出一脈，脾性總是相同的。」

鎮北王意味不明地笑。「是啊，野心也是一樣。可是他們都忘了，當初這天下是誰打下來的。」

景馬定定地看向他，眼底泛起波瀾。「是王爺。但是您卻忌憚功高震主四字，主動交出兵權，不得已當個閒散的異姓王。」

異姓王哪有這麼好當？恐怕皇帝早就忘了，當年是誰替他平定了北方！

鎮北王看向景馬說：「你是我的副帥，理應論功行賞，卻因為面部有疤，被那些言官以此攻訐，你一怒之下，拂袖離開朝堂，自此便與做官無緣。」

景馬自然是恨的，他拚死拚活殺出來的戰功，卻被這條可笑的律法阻攔，皇帝更是安排他去了個清閒的職位。

他寧可不做官，也不要皇帝的施捨，於是當場抗旨，若不是有功勞在身，恐怕早就落了個抗旨不遵的殺頭罪名。

景馬卻有恃無恐，他偏覺得是皇帝冥頑不靈，忌憚王爺，也跟著忌憚王爺身邊的人。

景馬伸手摸了摸臉上的疤，笑道：「這道疤讓我看清了很多事，也讓我更加死心塌地跟著王爺。」

鎮北王道：「你放心，本王定不會辜負你的期望。」

景馬嘴角扯了下。「多謝王爺。」

昭素從假山出來的時候，臉色很不好看。

遙祝不知道發生了什麼事，上前問：「公主，怎麼了？」

昭素面無表情地回答。「無事，就是那東西，見不得人，一見人就跑了。」

遙祝追問道：「是什麼東西？公主若是喜歡，我捉來給您便是。」

聽到他這麼關切的話，昭素的臉色才好看些，說：「不必了，跑了就跑了吧，我也不是很喜歡。」

信王有一點說對了，那就是她現在根本就離不開遙祝的貼身照顧。

她習慣一睜眼就看到他，習慣他事事為她著想，事事以她為先，眷戀他的溫柔，更感動於他為了她，可以欺騙貴妃的這份情。

若他知道她不是真正的小公主，恐怕會傷心，會對她失望，會再也不想看她一眼。

她一點都不想這樣的事情發生，她希望遙祝這輩子都無法發現真相，她希望她永遠是他的小公主。

他唯一的小公主，昭素有些貪心地想。

第六十章 狀元

這日，報錄人拿著喜報來到雲裳成衣店。

正巧李姝色在場，報錄人手捧喜報，笑問：「請問是沈峭沈老爺家？」

李姝色面上一喜道：「沈峭正是民婦夫君。」說著，便讓小玉去喚沈峭出來。

等沈峭走出來時，報喜人臉上笑容更盛。「報！良州舉人沈峭，高中甲辰恩科殿試第一，狀元及第！」

真的是狀元！

周圍群眾圍著看的人很多，立馬有人帶頭高賀。「恭喜沈老爺，恭喜恭喜！」

李姝色喜上眉梢，雖然早已經知道是這個結果，但是當今天真正來臨的時候，還是忍不住紅了眼眶。

若是這個時候，爹娘在就更好了……

李姝色將報錄人迎進去，讓人好茶好水地招呼著，沈峭則拿著燙金紅帖喜報，微微有些失神。

李姝色知道，他這也是想到爹娘，上前笑道：「恭喜夫君，得償所願。」

沈峭回神，伸手摸了摸她的頭，回道：「也恭喜娘子，即將得償所願。」

她知道，他說的是她要當大官夫人這句話。

十年寒窗苦讀，如今終於開花結果，如何讓人不喜不自勝？

李姝色在現代經歷過高考，又在這裡親眼看著沈峭寒窗苦讀，所以更加知道讀書的不易，也是打心眼裡為他高興。

終於，他們有了籌碼，可以替爹娘報仇！

這邊剛好吃好喝地送走報錄人，店門口又進來三個人。

打頭的那個人穿著像是個管家，手裡拿著邀帖一類的手書，走進門率先看向沈峭。「您可是沈狀元？」

沈峭應聲。「我是。」

管家遞出邀帖說：「小的乃是撫遠侯府的管家，替我家侯爺邀請沈狀元和您妻子到府相聚，侯爺備了薄酒，以慶賀您高中之喜。」

撫遠侯？

李姝色聞言，面上一驚。

撫遠侯國丈的名聲，京城誰人不知，沈峭沒有拒絕的理由，便接下帖子。

李姝色則陷入沈思。

撫遠侯此次邀請沈峭，恐怕不單單是慶祝這麼簡單。她記得，原著中，撫遠侯就是收了沈峭為徒，沈峭在京本就毫無根基，又一心想要往上爬，便順勢答應。

從張四的所作所為就可以看出，上梁不正下梁歪，撫遠侯這個上梁也不會好到哪裡去，是書中和鎮北王齊名的大反派。

只不過，他沒有想到沈峭在他的培養下，成長得如此之快，很快就蠶食了他的勢力，導致草包太子垮臺後，第二個垮臺的就是二皇子與撫遠侯。

之後，沈峭便接手撫遠侯的勢力，與昭素想要攛草包太子的兒子逼宮，但是奈何聽信鎮北王讒言，最終喪命於鎮北王和李琸睿聯合手中。

沈峭和昭素死後，鎮北王不再掩飾自己的野心，當然也是小看了李琸睿的實力，在一次宮變中落進李琸睿和葉菁眉設計的圈套。他們與世子裡應外合，這才將鎮北王順利拿下。

這便是原著接下來的奪位發展。

如今，沈峭成為狀元，撫遠侯又有意親近他，這不得不讓李姝色再次擔心，原著的悲劇會接著上演。

雖然她知道沈峭不會娶昭素，他一心為民，只想要做個好官，但是，在撫遠侯的利益誘惑下，他還能堅持本心嗎？

沈峭沒有上帝視角，但她有，她該怎麼提醒他撫遠侯不是好人，他不該與他同流合污？

沈峭敏銳地發現李姝色自從聽到撫遠侯三個字後，心情就變得低沈，等人走了，半晌也不肯說話，便上前握著她的肩膀問：「怎麼了？」

李姝色抬眸，語氣悶悶。「張四的爹邀你宴飲，總感覺宴無好宴。」

沈峭失笑。「嗯，為夫也看出來了。」

「張四不是好東西，正所謂上梁不正下梁歪，夫君可不要跟著他們學壞了。」李姝色眸中閃過擔憂之色。

沈峭哂笑，伸手捏了把她的臉蛋。「人看著小，心思倒挺多，為夫即使不為旁人，為了妳，也不會與他們多加親近。」

李姝色瞪大了眼睛，有些茫然地問：「為了我？」

「是啊，」沈峭捏完之後，又揉了把她的臉，有些愛不釋手地道：「誰都知道，貴妃和皇后不和，我若是與皇后母族接近，岳母若是知道，還不得埋怨小婿？」

李姝色怔住。「我還沒認親，你就先叫岳母了？」

沈峭不以為意。「遲早的事。」

李姝色想想也是，貴妃和皇后確實不和，特別是昭素回宮後，昭素和清瑤又多有矛盾，這種不和的聲音就更大了。

她也清楚，原著中就是這麼寫的，皇后和貴妃鬥了一輩子，明爭暗鬥層出不窮，是假姊妹，真敵人。

原來沈峭分得這麼清，知道什麼人該親近，什麼人不該親近。

想來這撫遠侯若是晚上有心收沈峭為徒，讓他在官場上少走許多彎路，面對這麼大的誘惑，沈峭也不會妥協。

因為，他時刻記得，他可是貴妃這邊的人啊！

晚上，小玉幫李姝色換了一身適合赴宴的衣服，從裡衣開始，裡外足足裹了好幾層，幸好這天不是很熱，否則李姝色可不想遭罪。

小玉在幫她上妝的時候，小蘭走了過來，欲言又止地問：「夫人，您是不是要去撫遠侯府赴宴？」

李姝色回她。「嗯。對了，妳來得正好，去庫房挑點好東西，不能失了禮數。」

小蘭應了聲，又問：「那夫人可以將蓮小娘和蔣小娘的衣服一併帶去嗎？上次我去撫遠侯府送衣服的時候，她們就有些不大樂意，說夫人沒去，她們感覺被敷衍了，說無論如何下次一定要讓夫人親自送去。」

蓮小娘和蔣小娘？

李姝色腦子中過濾出這兩個名字，隨即反應過來，她們正是上次隨著貴婦而來，撫遠侯小公子的小妾。

上次小蘭去送衣服的時候，沈峭還未高中狀元，她們又仗著有身孕，面對李姝色自然腰杆直，所以點名讓她下次親自送過去。

若是尋常高門大戶，她為了客戶跑一趟也就罷了。只不過，她與那撫遠侯家的小公子有段過節，若是碰上，勢必不能善了，所以她一連幾次都沒有過去，那兩位小妾便有些惱了吧。

這次她去赴宴，勢必會碰上張四，而沈峭高中狀元，她是狀元娘子，還是他爹的座上客，想來他也不敢對他們夫婦做些什麼。

而且，只有千日作賊，哪有千日防賊的？與其害怕有朝一日張四的報復，還不如現在出現在他跟前，讓他趁早打消報復的念頭。

那兩個小妾雖然有些要求矯情了些，但是還在李姝色的接受範圍內，在她這裡算是優質客戶，所以李姝色樂意滿足她們適當的要求。

耳邊又傳來小玉的聲音。「小蘭，這就是妳不懂事了。夫人現在可是狀元夫人，沒有親自上門服務的道理，想來那兩位夫人也不能揪著這事不放，我們成衣店的衣服好才是硬道理。」

李姝色道：「無事，既然她們非要讓我去一趟，想來有其他事要問也不一定，反正我今晚也要過去撫遠侯府，小蘭把衣服拿來便是。」

小蘭高興地應了聲。「是，夫人。」

小玉等小蘭出去，低聲說：「夫人就寵著她吧。」

李姝色這次把衣服帶去，既省掉小蘭跑一趟，又讓她躲過了無數個白眼。

李姝色笑道：「都是為了店，我去送一趟衣服也沒什麼。況且她們今晚就知道我的身分，想來這樣的要求也不會有下次。」

第六十一章　赴宴

撫遠侯府坐落在繁華東街，門庭氣派，門口兩座石獅虎虎生風，朱紅色的大門緊閉，正門上懸「撫遠侯府」四字匾額。

李姝色下了馬車，隨行小廝敲開門後，有人探出頭，小廝自報家門，他們夫婦這才被恭敬地迎了進去。

李姝色這才見到大名鼎鼎的撫遠侯。或許是家宴規制，他穿著一身簡單的深紫色長袍，腳上一雙金絲纏邊的黑靴，他年過半百，臉上有些歲月留下的痕跡，但是一雙眼睛格外幽深，看見他們夫婦倆相攜而來，一臉笑意，但笑意卻不達眼底。

自然了，張四就站在他的身邊，面對這個老來子，撫遠侯可謂是寵上天。

他右邊還站著三位公子，大概是他其他的兒子；左邊站著一位老婦人，應該是他的妻子，這迎賓的待遇不可謂不隆重。

沈峭的官位還未加身，於是上前行禮道：「小生隨賤內拜見撫遠侯和老夫人。」

撫遠侯笑容溫和。「沈狀元，久仰大名，今日一見，果然不同凡響。」

李姝色心道，那自然了，否則你也不會對沈峭一見如故，想要收他為徒。

撫遠侯在朝中根基頗深，有多個言官都是他門下弟子，若不是後來行事太過囂張，皇后又動作頻頻，引得皇帝忌憚，說不定二皇子憑藉這顯赫的外戚，真能奪嫡成功也不一定。

只不過，還是那句話，君是君，臣是臣，這天下到底還是皇帝的天下，作為臣子，理應安分守己才是。

撫遠侯像是很看重沈峭，席間引薦他的兒子們和沈峭相識，其中還特地點出了小公子與他們夫婦之間的不快，還嚴聲道：「逆子，還不快向沈狀元及其娘子賠罪？都怪為父平時把你給寵壞了，教得你不知天高地厚，若是當時沈狀元夫婦有個三長兩短，看為父怎麼收拾你！」

小公子有些不情願地舉著酒杯說：「沈狀元，沈娘子，本公子這廂給你們賠罪了。」這態度擺出來，哪怕沈峭夫婦心中再不滿，也不好再說什麼。

沈峭與李姝色站起來，臉上擺出受寵若驚的表情。「小公子言重了。」

小公子暗自撇撇嘴，飲盡杯中酒的時候，眼神還放肆地落在李姝色身上，頓時心裡一團火熱。

初見的時候，粗布衣素顏，瞧著出俗漂亮，如今打扮起來，更是漂亮得不像話，像是描繪精美的瓷器，須得珍藏在家中，日日擦拭把玩才是。這麼一想，腹中有股熱流往上湧。

面對張四赤裸的眼神，李姝色自然察覺到了，但是礙於這個場合，她不好發怒，否則當真兜頭給他一悶棍才是！

老夫人看出小兒子的失態，開口道：「剛剛聽下人說，蓮兒的胎象不穩，你過去看看是怎麼回事。」

這個理由找得合情合理，小公子聞言，雖然還想留下，但是在他母親的注視下，還是只能離開。

等張四一走，李姝色那種如芒在背的感覺就消散許多。

這時，撫遠侯說：「今日設宴，一來是祝賀沈狀元高中之喜，二來也是想要給你們一份見面禮。」

見面禮？

李姝色心頭莫名有些緊張，他看起來不像是那種和藹的長輩，初次與晚輩見面還講究什麼見面禮。

怎麼感覺，這裡面大有文章？

不只她這麼想，沈峭也是，他道：「侯爺，您太客氣了，這頓飯小生銘記在心，哪裡還敢再讓您破費？」

「你若不肯要，那麼本侯接下來的話就無法繼續說了。」撫遠侯皮笑肉不笑地道。

拿人手短，吃人嘴軟，就知道他的見面禮不是那麼好拿的。

沈峭疑惑地問：「不知侯爺這是何意？」

沈峭不知道，李姝色卻知道，他這麼說，無非是想將見面禮送到他心坎上，好收他為徒。這樣，極受陛下賞識的恩科狀元就成了他船上的人，以後行事自然更加便宜。

好在來之前，沈峭跟她表明過心跡，他是不會與撫遠侯為伍的，李姝色這才稍稍安心。

畢竟，在外人看來，堂堂撫遠侯的徒弟，可是天落餡餅，好多人都想要砸在自己頭上。

「此話先不談，你先看看本侯給你準備的見面禮，可否滿意？」說完，撫遠侯就輕輕拍了兩下手掌。

這時，宴會廳大門緩緩走進一個人，李姝色轉頭看去，只見他步伐沈穩，手上端著個方方正正的盒子，盒子上還用紅布覆蓋，看著有股不知名的詭異。

她心頭一緊，不自覺地握緊身旁沈峭的手。

沈峭似乎是察覺到她內心的不安，便扣緊她的手指，給予她安慰。

隨後，沈峭看向撫遠侯問：「侯爺，不知這盒子裡是何物？」

撫遠侯哈哈一笑。「狀元打開一看便知。」

李姝色下意識覺得這裡面不是什麼好東西，於是死死握著沈峭的手，她捨不得讓沈峭一個人去面對，她道：「夫君，我也很好奇這裡面的東西，我們一起打開吧。」

應該不是暗器之物，沈峭剛得了狀元，晚上就死在撫遠侯府，撫遠侯還沒有傻到把這麼大的把柄遞到皇帝跟前，是生怕皇帝沒有治罪的理由嗎？

但原著劇情沒有這段，所以李姝色也不知道這裡面是什麼東西。

沈峭大拇指輕輕摩挲她的手背。「為夫一人打開便是。」

李姝色卻固執搖頭。「夫君，你就滿足我的好奇心嘛。」

沈峭還想著如何勸阻她，沒承想這個時候撫遠侯說：「既然狀元夫人好奇，本侯讓人打開蓋子，你們夫婦二人一同看便是。」

沈峭拉著李姝色起身，兩個人相攜來到盒子前。

只見那人先是揭開紅布，露出紅布下的黑色盒子，隨後他便將盒子的蓋子揭開，頓時一股惡臭血腥味撲面而來。

打開的瞬間，盒子裡面的東西立馬暴露在李姝色眼下。

瞬間，胃部翻湧，她的舌頭抵住喉嚨，才將那股作嘔感壓下去，只不過臉色慘白，雙腿發軟，身子更是搖搖欲墜。

沈峭立刻伸手擋在李姝色眼前，怒喊道：「快蓋上！」

那人先是看了眼侯爺，見撫遠侯點頭，才將蓋子重新蓋上。

沈峭臉色鐵青地轉頭看向撫遠侯問：「侯爺這是何意？為何要故意嚇唬我們夫婦二人？」

盒子裡不是別的東西，是一顆血淋淋的人頭！

不是別人，正是本該在大理寺監牢裡的張秋生——從頸間一刀斬斷，死不瞑目，慘白的臉上還殘留濺起的血痕。

面對這可怖的一幕，李姝色用了很大的自制力，才沒有讓自己大喊出聲滅了沈峭的氣勢。

若不是沈峭扶著她的身子，她恐怕就要倒下了。

她哪裡見過如此真實且沒有溫度的頭顱？

撫遠侯面對沈峭的質問，慢悠悠地開口解釋道：「這個叫張秋生的，居然如此大膽，敢當街毆打沈狀元，本侯只是給狀元出氣罷了，並不是存心嚇唬。」

他這話說得很沒誠意，那種高高在上、拿捏人生死的態度，實在是令人生厭！

李姝色偏頭看向沈峭，他嘴唇微抿，漆黑的眼眸下藏著令人心驚的暗色。

她知道，他這是怒極卻不得不忍耐的樣子，她分明感受到他的五指捏得緊緊的。

撫遠侯像是看夠了兩個人的驚慌失措，揮手讓下人端著人頭下去。

隨著那股濃重的血腥味越飄越遠，李姝色呼吸到新鮮空氣，不禁重重深吸兩口。

沈峭面無表情地開口。「多謝侯爺好意，但是這份情意，沈峭是萬萬不敢接受的。」

沈峭與李姝色的想法一樣，是想要為爹娘討回公道，但不是這樣蠻橫地動用私刑，若是動用死刑，那麼她和派人來殺她的張家人又有什麼兩樣？

他們要的是，堂堂正正地宣判，以慰爹娘在天之靈。

撫遠侯大概以為他們會和他心意相通，以為他幫他們除掉了張秋生，他們就會感激他。實在是大錯特錯，或許按照原著發展的沈峭會，但是現在的沈峭不會。

撫遠侯也看出他們夫妻的態度，臉色瞬間陰沈下去。「你們不喜歡本侯的見面禮。」

沈峭依舊固執地說：「太重，也太血腥，我們不喜歡。」

李姝色也無所畏懼地開口。「侯爺，不知您是如何得知張秋生與我夫妻二人之間的事，我夫妻雖與其積怨已深，但是還犯不著借您的手除掉他，我們有得是法子，讓他繩之以法。」

聽見他們二人如此不領情的話，撫遠侯眼神越發陰沈，他以高高在上的姿態施恩的事做得太多，還是頭一次遇見如此不知「感恩」的人。

若不是沈峭是新科狀元，恐怕眼前兩個人今夜只能豎著進來，橫著出去。

老夫人聽了沈峭夫婦的話，也是皺起眉頭，原本以為眼前這對小夫妻會感恩戴德，沒想到居然浪費侯爺的心意，侯爺若是生起氣來……

她站起身，給侯爺的酒杯倒滿酒，又對沈峭夫婦說：「看來是侯爺好心做了壞事，你們也不要怪侯爺，侯爺只是太關心你們罷了。」

老夫人這就是在給他們臺階下，李姝色心中清楚，順勢道：「老夫人說得是，侯爺如此關心我們夫婦，是我們夫婦的榮幸。」

今後沈峭畢竟要進朝為官，如果現在就得罪撫遠侯，恐怕以後的日子也不會好過。所以，李姝色就順勢下了，表面過得去就罷了。這個撫遠侯府，她大概不會再來第二次，這一次給她留下的印象實在是太深了。

沈峭牽著李姝色的手重新來到桌前，兩個人舉起酒杯，分別敬向侯爺和老夫人，一飲而盡，如此氣氛才有所好轉。

因為發生這一件事，這頓飯沒有吃得很晚，撫遠侯與老夫人也沒有繼續留客的心思，兩個人便打算回去了。

回去之前，李姝色沒忘了要給蓮小娘和蔣小娘送衣服，老夫人知道她的心思，便安排了婢女領她過去。

婢女捧著衣服走在她前面，行至西跨院，燈光逐漸變暗，婢女還提醒她。「狀元夫人，小心腳下。」

李姝色道了聲謝，問：「蓮夫人和蔣夫人住在一處嗎？」

婢女回答道：「原本是不住在一處的，但是如今兩位小娘都有了身孕，所以就都安排住進了小公子與夫人的院子裡。」

李姝色道：「我曾見過夫人，夫人當真是如傳聞那般的賢慧，如今更是親力親為地照顧懷孕妾室，可見是心善大度之人。」

婢女笑了。「我們夫人是出了名的大度，我們小公子為夫人也收了不少心，夫人可是侯爺和老夫人精心為小公子挑選的。」

李姝色但笑不語。

不知道是不是宮鬥劇看多了，她覺得這位夫人有些深藏不露，她有些不太信古代女子真這麼大度，還能夠全心全意對待丈夫懷孕的小妾。

不過，這事與她無關，她只是來送衣服罷了。

老夫人在席間讓小公子去看蓮小娘，沒想到他挺聽話，此刻人真的在蓮小娘這兒，蓮小娘看見她過來有些意外。

小公子看到她，先是愣了下，隨後語氣略輕佻地問：「狀元夫人怎麼親自過來了？看來我家小妾還挺有面子的。」

蓮小娘聽他這話，嬌嗔道：「公子，別胡說，她是來給我送衣服的。」

小公子臉上興味更重了。「狀元郎家這麼缺錢的嗎？本公子就捨不得看美人受累，若是跟了本公子，本公子一定將美人好好供起來，不讓她受一絲一毫的苦。」

李姝色道：「看來我家夫君確實沒有小公子那般好的投胎技術。不過呢，我相信一句話，握在手裡的才是最可靠的，靠別人都不如靠自己。」

小公子臉色一下子垮了。

李姝色繼續道：「剛剛小公子的道歉，我們夫婦都收到了。我們夫妻也是真心希望小公子能洗心革面，從此做個好人。」

她著重說了「好人」兩個字，把小公子臉色氣得夠嗆，他指著李姝色，就要發作。

「妳……」

蓮小娘一下子拉住他，好聲好氣地安撫道：「公子，您消消氣，這等身分卑賤的女子，不值得公子為她生氣。」

李姝色一笑。「呵。」

不知道蓮小娘是不是故意這麼說，有意貶低她讓小公子消氣，所以李姝色並沒有立馬開口諷刺，況且現在又是在撫遠侯府，她又沒什麼倚仗，也犯不著生氣。

蓮小娘轉頭對她說：「妳放下衣服就走吧，公子和我看到妳就生氣，以後妳家的衣服，我不會再去買了。」

李姝色聞言，也不強求，擱下衣服便離開了。

眼看著她走的時候，小公子還要追過去，突然蓮小娘一把把他拉住，小聲地叫了下。

「公子，哎呀，他好像在踢我……」

李姝色出了蓮小娘的房間，便去蔣小娘的房間，比起蓮小娘房間的熱鬧，蔣小娘的房間倒是安靜，她進門的時候，蔣小娘正在繡小衣，想必是為腹中孩子準備的。

蔣小娘看到她來有些吃驚，待看到她帶來自己喜歡的衣服，更是喜不自勝。「老闆娘，我等妳家衣服等了好幾天，今天終於等到了。」

雲裳成衣店專門為她設計了孕婦服，她穿著不顯臃腫，這一點就比其他成衣店做得好很多，所以她喜歡雲裳的衣服。

李姝色觀察，雖然同為妾室，但是蓮小娘的房間看著比蔣小娘的房間豪華些，而且今晚老夫人找的託詞是蓮小娘，還親切地稱呼她為蓮兒，這說明蓮小娘明顯比蔣小娘在老夫人跟前更得臉面。

李姝色放下衣服，正要走的時候，蔣小娘問：「聽夫人說，妳相公得了狀元，日後妳的店還開嗎？」

李姝色回道：「開，這是我的事業，夫君也是支持我的。」

蔣小娘聞言，有些羨慕地笑了。「那就好，否則我還真不知道尋哪家的衣服穿呢。」

張夫人的消息還挺靈通，白天剛得到的消息，她晚上雖沒出席，但是該轉達的心思一點都沒有落下。

第六十二章　被抓

等散席，沈峭夫婦走後，撫遠侯的臉色徹底沈了下去，拿起桌上的酒盞，狠狠地摔在地上，摔得四分五裂，把身旁的老夫人給嚇了一跳。

老夫人上前寬慰道：「侯爺不必生氣，不過是剛得了狀元，心氣高罷了。等以後做了官，官場上的事，還不是侯爺說了算？」

撫遠侯心裡的那口氣這才稍稍平息些，但還是不順。「無知小兒，本侯之前竟還想收他為徒，如今看來是他沒有這個福氣。」

所以，之後席間，他連提都沒有提。

老夫人附和道：「老爺說得是，是他沒這個福氣，可別為這等沒福氣的人氣壞了自己的身子。」

撫遠侯道：「只不過，本侯怎麼看他那個娘子長得像一個人？」

老夫人也努力回想道：「是像一個人，我也感覺有些熟悉，但是老爺猛地這麼一問，我倒是想不出來了。」

撫遠侯一時間也沒有想出來，便無奈揮揮手。「罷了，明日妳進宮把今日之事說給皇后吧。」

老夫人應道：「是。」

張秋生的人頭連夜被送到了張府。

開門的小廝打開盒子的時候，被裡面的人頭嚇得失聲大叫，連跌帶爬地衝到張二叔、張二嬸子的房前，喊道：「老爺，夫人，不好啦，出事了！」

張家夫婦還在睡夢中，被突然叫醒，兩人都有些不耐煩，張二叔更是不滿地下床喊道：「吵什麼吵？出什麼事了？」

小廝喘著粗氣，連話都說不全了。「門口，三、三少爺的人……頭……」

跟著起身下床的張二嬸子心裡猛地突突直跳，忙不迭地跟著前面兩個人的步伐走，一路上慌慌張張，像丟了魂似的。

待走到門口，看到門口被打開的黑盒子時，她不敢相信地抱著腦袋大叫一聲，雙眼一翻直直地暈了過去。

張二叔也是不忍去看，拉住小廝的手逼問。「是他嗎？是秋生嗎？是我的兒子嗎？」

一連三問，小廝皆是點頭，張二叔終究是忍不住軟了雙腿，直接癱坐在地上。

「我的兒啊！」

第二天，昭素聽聞張府出事了，匆匆忙忙地趕了過來。

一進門，就看到家裡擺起靈堂，她心中一緊，還以為是張二叔、張二嬸子出了事，沒想到二老好好的，出事的是張秋生。

還未走近，就聽到張二嬸子鬼哭狼嚎的哭喊。「我的兒啊，你死的好冤啊！是哪個殺千刀一刀把你砍了，身首異處，你是犯了什麼罪，何至於這麼慘啊！」

昭素皺眉看向張大寶問：「義兄，究竟發生了什麼事？」

張大寶帶有怨恨之意地看她一眼，什麼也沒有說。

聽到昭素的聲音，張二嬸子的身子像是被打開什麼發條，突然從地上站起來，直接跑到她跟前，指著她鼻子就罵道：「掃把星，妳還有臉過來！」

被無端扣上「掃把星」帽子的昭素瞪大眼睛，難以置信地問：「妳在胡說什麼？」

「掃把星，說的就是妳！妳給我滾，這裡不歡迎妳！」張二嬸子的話不像是說笑，就是赤裸的咒罵，毫不留情。

昭素也不滿地吼道：「妳瘋了？」

她身後的遙祝也皺眉開口。「慎言，妳是怎麼對公主說話的？」

張二嬸子立馬叫出聲。「都怪妳！若不是妳把三寶弄到龍章書院去，他就不會遇到沈峭，如果不遇到沈峭，他就不會在獄中被殺，是砍頭啊，妳哥哥他死不瞑目啊！現在妳高興了？我那日讓老五殺了沈峭，妳非要攔著，現在妳哥哥被沈峭殺了，妳滿意了？」

總之，張二嬸子在怨恨沈峭的同時，也將昭素給恨上了。

昭素聽了，立馬反駁道：「不可能！沈峭怎麼可能進大理寺將三哥給殺了？你們有證據嗎？」

證據當然是沒有，頭顱昨晚先送到張家，身子是今天早上大理寺派人送過來的，理由給得也很簡單，說是昨夜張三寶欲逃獄，就在逃跑的途中被截殺了。

如此漏洞百出的說詞，張家人不傻，自然是不會信的，但是不信又能如何？這件事無論如何，都和沈峭逃脫不了關係，如果上次不是昭素攔著，死的便是沈峭，張三寶還在獄中好好的，等再過幾天，就可以出來與他們團聚。

所以，張家人越想越覺得害死張三寶的責任，昭素也有一份，若不是她那該死的情意，張三寶一定還活得好好的。

張二嬸子不管什麼證據，她的直覺就是證據，吼道：「我的話就是證據！妳這個掃把星，害死哥哥的蠢貨！」

昭素深吸一口氣，先是揮手讓遙祝退下，她身上所有醜陋的部分，都不想讓遙祝看見。

遙祝有些不甘，但在她的堅持下，還是退下了。

等遙祝一離開，昭素就直接說：「娘，妳什麼證據都沒有，怎麼說沈峭就是殺害哥哥的凶手？這是京城，即使報官，也是要看證據的。」

張二嬸子啥也聽不進去，就惡狠狠地盯著她看。

昭素深深吐出口氣。「我過去看看三哥。」

剛朝著棺材走一步，她的手臂突然被張二嬸子狠狠拉住，她偏頭聽見張二嬸子惡狠狠地問：「妳告訴我，妳打算怎麼給妳三哥報仇？如何殺了沈峭？」

昭素語氣有些無奈。「娘，沈峭中了狀元這麼大的事，妳不會沒有聽過吧？妳讓我殺了狀元？妳瘋了還是我瘋了？」

「這麼說，妳是不肯殺他了？」張二嬸子怒問。

昭素求助地看向大寶。「大哥，你快勸勸娘，她現在已經魔怔了，你也知道，現在沈峭可是狀元，風頭正盛，我如何殺他？」

張大寶垂眸，沒有說話。如今娘把所有怒火與怨恨都撒在昭素的身上，他又何必蹚這趟渾水？

昭素眼底閃過失望，又看向張二叔。「爹，你說句話啊。」

張二叔也撇開眼睛，失去了一個兒子，還是最有可能有出息的兒子，他難道心裡就沒有怨恨嗎？他和張二嬸子的心思是一樣的。

如果當初殺了沈峭，現在三寶不是活得好好的？

昭素見一家人一致對外，這個「外」還是對她，心裡不免涼了半截。來京城這麼久，她自認為她這個女兒已經做到極致，她給他們收拾了多少爛攤子，有些攤子她能處理的就處理，不能處理的才求助到貴妃那裡去。

他們一點都不為她著想，只知道向她索取，難道他們覺得她做個公主，就可以一手遮天、為所欲為嗎？

如今，更是逼迫她殺了沈峭。沈峭如何能殺？沈峭現在是陛下看中的狀元，即將赴翰林院任職，擔任翰林院修撰，這只是起步，要是真能入了陛下的眼，前途不可限量。

而且，沈峭還是她選定的駙馬，她怎麼可能殺了自己的駙馬呢？

昭素有些失望地掙開張二嬸子的手，上前就要給張三寶上香，然而剛舉起香的時候，就被張二嬸子粗暴打落，她怒喊道：「滾！妳不配出現在三寶眼前！從今往後，妳當妳的公主，我張家與妳再無半點關係！」

昭素在宮裡被身旁的人捧習慣了，如今被一而再、再而三地冷待，也不免惱道：「好，若是娘不希望我出現在張家，我不再來便是！」繼而拂袖轉身，冷聲道：「至於老五，我會帶走，你們別想用他殺人！」

張二嬸子最後一張底牌被收走，立馬癱坐在地上哭罵道：「孽女！不肖女！我這是作了什麼孽啊！三寶啊，你在天之靈，一定要讓他們這些人不得好死！」

昭素離開的腳步一頓。

「他們」是不是也包含了她？

心裡越發寒涼，她不再停留，腳步加快地走了出去。

正如昭素所說，沈峭進了翰林院，任職翰林院修撰，主要修撰皇帝實錄，記錄皇帝的言行起居，以及負責起草一些文書等。

雖然官屬從六品，但是接近天子，算是天子近臣，以後自有升遷的機會。

李姝色知道書中的發展，沈峭進了翰林院後，的確深得聖心，短短時間內就一升再升，最終在撫遠侯垮臺後，升至一人之下、萬人之上的冢宰位置。

這世，李姝色期望他爬到那個位置，他有一顆仁德之心，對百姓來說是件好事。

送沈峭去翰林院後，李姝色按例去店裡巡視，剛進去就聽到小玉、小蘭在聊八卦。

「聽說了嗎，小公子的兩個小妾一前一後流產了！」

「早就聽說了，當初那兩個小妾剛懷上的時候，小公子就恨不得讓全世界都知道，如今流產的事也是鬧得沸沸揚揚，京城裡都傳遍了！」

李姝色越聽越覺得不對勁，走近了問：「發生什麼事了？」

小蘭道：「夫人，外面都在傳，常來我們店裡光顧的蓮小娘和蔣小娘兩個人都小產了！」

什麼？兩個人都小產了？這應該不是巧合吧？

李姝色問：「撫遠侯府怎麼說，是意外還是別的？」

小玉頓時壓低了聲音說：「眾人的猜測有很多，有說是不小心摔的，有說是她們相互傷害的，還有說小公子作惡多端，殘害多少良家婦女，老天有意讓他斷後的。」

這猜測確實多，就不知道是怎麼一回事了。

李姝色正想著，突然門口處傳來驚天響動，砰的一聲，店門被人狠狠推開，走進來四、五個人。

領頭的人問：「李姝色在嗎？」

李姝色被嚇了一跳，站出來說：「民婦正是。」

領頭的人手一揮。「帶走。」

小玉、小蘭立馬攔在李姝色跟前，小玉喊道：「你們憑什麼帶走夫人？」

小蘭也說：「我家老爺乃是狀元郎，現在又是翰林院修撰，我家夫人可不能隨隨便便就被你們給帶走了！」

領頭的人哼笑。「這話你們還是對著苦主說吧。」

李姝色皺眉。「你們是誰？京城是有王法的，何故捉我？況且，苦主又是誰？」

領頭的冷聲。「我們是大理寺的人，今天來捉妳，自然是事出有因。妳是否給撫遠侯府中蓮小娘和蔣小娘送過衣服？」

李姝色眉頭皺得更緊了。「是又如何？」

「她們紛紛小產，有證據表明是妳的衣服出現問題，」領頭的人再也不廢話地道：「得了，有什麼事，妳與她們在公堂上辯吧。現在，不管妳是狀元夫人，還是公主，都得跟我們走一趟。」

說著，就有兩個人上前捉拿李姝色。

小玉、小蘭哪裡見過這種陣仗，被嚇得臉色慘白地抓著李姝色的手，不肯放人。

李姝色知道這裡面肯定有陰謀，她提供的衣服肯定沒有問題，但是她不知道所謂的證據是什麼，所以無從反駁。

加上對方又來了一隊人，即使她們三個弱女子鬧起來，也討不了好，還有可能拆了她的店。

李姝色深吸一口氣道：「小蘭、小玉，我不在的日子，店就交給妳們了。」

小玉、小蘭紅了眼眶，異口同聲地喊了句。「夫人。」

剛剛還在討論的八卦，突然就扯到自家身上，這種轉變不是所有人都能受得了的。

李姝色又說道：「等老爺回來，告訴他不可魯莽，遵從本心。」

她害怕，沈峭為了救她，而誤入撫遠侯那條賊船，這樣的話，一步錯便步步錯，無法再回頭了。

「夫人，不要……」小玉、小蘭誰也不肯放手，彷彿這一放手，就再也看不到她了。

李姝色勉強一笑。「沒事的，我的衣服沒有任何問題，這件事必定有誤會，我隨他們去一趟，解釋清楚了就好。」

即使她們仍不情不願，李姝色還是被帶走了。

第六十三章 獄中吻

翰林院新來的修撰做事一板一眼，十分守法，天子近臣，寵辱不驚。

貴妃早就聽過沈峭這個名字，知道他是小公主的丈夫，是她的女婿，但是至今都無緣一見，很是好奇他的模樣。

翰林院與皇宮只有一街之隔，沈峭時常有進宮的時候，貴妃便特地挑了個時機，備了糕點往養心殿走去。

花嬤嬤在她打聽沈峭今日是否在宮裡的時候，就知道她家娘娘想要見見這女婿了。

往養心殿的路上，花嬤嬤笑著說：「聽說沈狀元生得芝蘭玉樹，相貌堂堂，學識又得陛下賞識，實不辱沒狀元名號。」

聞言，貴妃心中舒坦。她挑男人的眼光就不錯，母女一脈相承，想來小公主也是不差。

這麼一想，貴妃的腳步輕快許多，臉上止不住的笑容。「本宮倒要去看看，這狀元郎是否如傳聞那般。」

走進養心殿後，發現沈峭果然在，貴妃一眼就定在他的身上。

待看了幾眼後，滿意地點了點頭，小公主的眼光不差，這沈峭的確是丰神俊美，光風霽月，比京城裡的貴公子哥兒還要好看幾分。

這麼想著，貴妃向皇帝行禮，並將食盒放在案桌上。

皇帝看見她來，臉上笑容多了兩分，招她到身邊來，拉著她的手說：「孤正想著妳呢，妳就過來了。」

沈峭站立一旁，當作什麼也沒有聽見。

上次貴妃去鍾毓村接回張素素的時候，他沒有去看熱鬧，所以這也是他第一次看見貴妃。

他的眼睛閃了閃，沒想到貴妃當真和阿色長得很像，而且是越看越像，瞧陛下待她的樣子，果然如傳聞那般寵冠六宮。

他正想著，突然聽到貴妃問：「這位是沈狀元吧？」

沈峭拱手行禮道：「臣翰林院修撰沈峭參見娘娘。」

貴妃笑咪咪地道：「起來吧。」

沈峭抬起頭，撞進貴妃溫柔含笑的眼睛，她說：「雖然第一次和狀元郎相見，但是莫名有種熟悉的感覺。」

沈峭心道，巧了，他也是。他可得好好表現，不能讓岳母不快，否則今後沒他好果子吃。

皇帝有些驚訝。「哦，貴妃與沈修撰之前見過？」

貴妃笑著搖了搖頭。「這倒沒有。不過，臣妾與他的娘子見過，臣妾很喜歡那個孩子，覺得很是親切。」

「之前貴妃就對孤說過這話，看來妳是真的喜歡那孩子，等以後她有機會進宮，定讓她與妳見一面才是。」皇帝親暱地拍了拍她的手背，說的話將寵愛展現到極致。

沈峭應聲道：「多謝陛下、貴妃厚愛，今日之事，臣回去定說給娘子聽，想必她聽了會很高興。」

貴妃也沒有待很久，說兩句話後就走了。

一出養心殿，貴妃就樂開了花，背部挺直，語氣難掩得意之色。「嬤嬤，妳瞧見那孩子沒有？模樣生得極好，氣質也不錯，本宮是越看越覺得順眼。」

花嬤嬤笑著回答。「這不就是，丈母娘看女婿，越看越有趣？」

「本宮是喜歡那孩子，看著不驕矜，能沈得住氣，如今看著陛下也看重他的樣子，想必日後前途無量，小公主跟著他也不會受苦。」貴妃這才將心裡話給說出來。

這一切的一切，都是因為小公主，小公主幸福才是最重要的。

花嬤嬤這時嘆了一聲。「就是不知道小公主何時能與娘娘團聚了？」

貴妃眼中卻是滿含期待之色。「本宮有預感，快了。」

傍晚，沈峭回到店裡的時候，發現店裡亂成一團。

小玉和小蘭一看到他，連忙迎上前道：「老爺，不好了，夫人被大理寺的人給抓走了！」

沈峭心口一縮。「什麼？」

小玉將事情的來龍去脈講了一遍，急道：「老爺，這可怎麼辦？夫人身子弱，怎麼能夠待在牢房裡呢？」說著說著，就哭了起來。「都怪我們無用，沒能護住夫人。」

沈峭一口茶都沒來得及喝，連忙轉身，額頭瞬間冒出冷汗，他踏上馬車，對隨身小廝低吼道：「去大理寺！」

李姝色已經在牢房裡待了一天了。

這裡的環境與她想像中的一樣差，當初她剛穿書過來的時候，就是待在縣城的牢房裡，這兩廂一對比，發現牢房就是牢房，並不存在京城的牢房就比小縣城牢房環境好的錯覺。

黑糊糊的牆面，發霉又散發惡臭的稻草蓆，以及那忽明忽暗的昏黃燭火，還有不知從哪兒傳出的老鼠叫聲，這裡的一切都在折磨著她這個有潔癖的人。

李姝色勉強找了個乾淨的地，方才坐下，否則她情願站一整天，也不願意坐在髒污的地面上。

就在她快要受不了的時候，終於聽見熟悉的聲音。

「狀元郎，您的娘子就在裡面的牢房，您注意腳下。」

「有勞。」

初次見面，他的一聲「有勞」，聲音清冽，不驕不躁。如今一聲「有勞」，有著幾分忐忑，幾分期許，幾分惶恐。

還未等他走近，李姝色就站起身來，伸手趴在木欄杆上，委委屈屈地喊道：「夫君，我在這裡！」

像是走丟的孩子，突然看見親人的樣子。

只不過一天沒見，卻好似隔了一年，她無時無刻都在想他，想見他的慾望在聽見他聲音的這刻達到了巔峰。

沈峭快走兩步，差役連忙打開鎖鏈，放沈峭進去。

等沈峭一進來，李姝色就委屈地伸手討抱，一埋首進沈峭胸前，就紅了眼眶，眼巴巴地喊著。「夫君，你終於來了，我好想你……」

這一聲夫君，簡直快要把沈峭的心給融化了，他抱住她的身子，伸手安撫地拍了拍她的後背，安慰道：「為夫來了，不要害怕，我會救妳出去的。」

李姝色更加委屈了。「這裡是京城呢，牢房怎麼和縣城裡的一樣簡陋？這晚上怎麼睡覺，不會有老鼠跑出來咬我手指頭吧？」

說到底，李姝色還是有潔癖，害怕老鼠、蟑螂之類的生物，所以她萬萬是忍受不了。

沈峭聽了她的話，感覺整顆心都要碎了。他恨不得放在心尖疼愛的人，哪裡捨得讓她在這個骯髒地？

他緊緊地抱著她，恨不得就這麼帶著她逃離，逃得遠遠的。

理智和情感在急速拉扯，他的臉色越來越沈，眼底泛起幽深駭人的光。

李姝色抱著他，所以沒能夠瞧見，抱怨完一番，感覺心裡好受些，才慢吞吞地說：「罷了，只要這裡沒有老鼠，我還是可以忍受的。」

她這廂放下，但是沈峭卻無法釋懷。「阿色，我絕對不會把妳留在這裡的。」說著，就放開她的身子，轉身往外走。

他走得迅速而決絕，李姝色一下子沒能反應過來，等反應過來的時候，他已經出去了。

他就這麼走了？

意識到這點的李姝色不免咬住下唇，不敢相信地在原地跺了下腳。

他不會真的就這麼走了吧？

一盞茶的工夫，她以為已經走掉的人去而復返，身旁還跟著個眼生的人。

李姝色看著他，有些疑惑地問：「夫君，這位是？」

男人主動自我介紹道：「我是大理寺少卿裴相，原來妳是狀元郎的夫人，是下人們眼拙，沒能夠將妳給認出來。狀元郎夫人怎麼關在這種地方？跟我來，我給妳尋了個清淨的牢房。」

沈峭二話不說，上前就拉著李姝色的手，炙熱的手心相貼，他的手心有層薄汗，不知是因為緊張還是著急。

李姝色明白過來，原來剛剛沈峭是去找大理寺少卿，給她換牢房，怪不得走得那樣急。但是他不說，肯定是因為這件事他也沒有十足的把握，害怕給她希望，若是落空，失望就越大。

想到這裡，李姝色心裡不免甜滋滋的。

若一個人喜歡妳，不是看他嘴上說了多少聲喜歡，而是他付出了多少行動。

李姝色手指動了動，與他十指相扣。

這一刻，她覺得在牢房又如何？有他陪著，掛念著，又有何懼？反正，又不是第一次待在牢房裡了。

初來這個世界的時候，她無依無靠，但是如今不同，她身後有沈峭，她有他，就什麼也不怕了。

待進了新的牢房，李姝色才驚覺原來牢房也有貴賓待遇與普通待遇之分，剛剛她待的牢房與這間相比，就是天壤之別。

這間牢房不僅乾淨，就跟現代賓館差不多，有床、有案桌，地方雖小，但是一應東西俱全，連屏風與浴桶都有。

裴相轉身問李姝色。「狀元夫人，對這間可還滿意？」

李姝色連忙回了禮。「特別滿意，感謝大人。」

「哈哈，說到底，我還要感謝狀元郎才是。」裴相頓了下，像是不願意多說的樣子。「我先回去，就不耽誤你們夫妻相聚了。」

李姝色道：「大人慢走。」

裴相出去前又說了句。「夫人放心，若夫人是被冤枉的，待本官查清，定還夫人一個清白。」

李姝色今天終於露出一個笑容。「勞大人費心了。」

等裴相走後，李姝色迫不及待地撲進沈峭的懷裡，隨後抬起下巴，紅唇獻上一吻。「謝謝夫君。」

嘴角的溫熱轉瞬即逝，沈峭還沒來得及品嚐就消失了，他眼底沈了沈，大手握住李姝色的腰，低頭重新吻住她的唇。

也不知道是不是禁慾太久的緣故，尋常一個吻，竟讓他們吻出不一樣的感覺。心跳如雷，呼吸灼熱，交纏在一起的氣息，讓人臉紅心跳。

雖然每天晚上都睡在一起，但沈峭說的暖床，就只是單純的暖床，他們每天晚上都蓋著被子純聊天。

她一直以為是因為科考壓力大，讓他無心顧及旁的，所以每天頂著禁慾臉，無欲無求的樣子。

沒想到，其實內裡就像是待噴發的火山，只需要一點火星就會立馬爆發，以燎原之勢，一發不可收拾。

李姝色腦袋眩暈，幾乎要喘不過氣來，終於推開他，聲音沙啞得連她都快要認不出，弱弱地喊了聲。「夫君……」

還沒喘勻氣，他二話不說，唇又重新覆了上來。

真是要命，他用緊逼之勢，她則步步後退，直到退到床前。

她覺得，他有些瘋。

這一天來的思念，此時此刻突然有了慰藉，李姝色心滿意足了。

她上輩子單打獨鬥慣了，從來沒有體會過被人放在心裡惦記是什麼樣的滋味。

如今，沈峭的在意，沈峭幫她換牢房，沈峭不惜動用自己的人情，他是真的在關心她啊。

他們其實互相在意。

李姝色嚶嚀出聲，眼前眩暈，手軟腿軟，幾乎渾身沒有一處不軟的。

終於，他離開她的唇，桃花眼泛著瀲灩光澤。

李姝色一眼撞進去的時候，像是看到了漫天星辰，她委屈地嘟了下嘴巴。「夫君，你也欺負我……」

她今天被人押著進牢房，牢獄裡的飯聞著也是餿的，她就只吃了個饅頭，如今他也過來欺負她，李姝色心裡別提多委屈了。

李姝色自認他們都不是縱慾的人，所以在這牢房裡再進一步，是不大可能的，她才有恃無恐地朝他撒嬌。

分明觸碰到他滾燙的身子，她還作死地動了動身子，妄圖掙開他的禁錮。

下一秒，聽見他沙啞地威脅。「別動。」

李姝色察覺到他的異樣。

好吧，可不能再逗他了，再逗下去，可能真的要在這裡放肆一回了。

李姝色嘟著嘴。「夫君，你是不是又長高了？好重。」

其實兩人都還在長個子的年紀，沈峭本就頎長，進了京城後，她發現他好似又長高了點，足足要比她高一個頭。

沈峭深呼吸兩口氣，才有些不甘地伸手捏了把她的臉蛋，笑罵道：「真是冤孽。」

罵完，從她身上翻身而下，又伸手拉著她坐起身子。

等兩個人身上的熱氣都消散些，沈峭這才說起了正事。

「阿色，妳那日送衣服的時候，可曾發現什麼異樣？」

說起正事的時候，沈峭跟剛剛是相反的模樣，渾身上下都透著股禁慾的正派，看得李姝色心裡直癢癢，恨不得就此撲上去，將他壓在床上，撕開他禁慾的假象。

不過也只是想想罷了，還是正事要緊。

「並沒有發現什麼異樣。不過據我觀察，蓮小娘似乎比蔣小娘更得老夫人喜歡，但是蔣小娘應該和小公子夫人更親近些。」

於是，她就將那天送衣服時發生的事和他說了。

沈峭一字不差地聽了，聽完微微蹙起了眉頭。

李姝色又說：「夫君，這明顯是撫遠侯府內宅的傾軋，只因我們先前不小心得罪了撫遠侯，所以他這是明晃晃的報復啊。」

沈峭「嗯」了聲。「苦了夫人，若是我那日的態度沒有那麼強硬……」

「不是的，」李姝色急急打斷他的話。「話不能這麼說，但是我甘願和夫君站在一處，所以不是夫君的錯，是撫遠侯在那時就記恨上了我們夫妻。」

她總是這麼的善解人意，他大約是上輩子燒了高香，才能夠娶到她。

沈峭再次擁住李姝色，在她耳邊鄭重承諾。「等著為夫，為夫一定讓妳安然無恙地出去。」

李姝色信他，點了點頭，輕聲道：「夫君，我信你。」

第六十四章　大人物

第二天，雲裳成衣店的店門沒開多久，世子就晃晃悠悠地走了進來。

小玉認得他，是她和夫人上次的救命恩人，連忙上前道：「世子，您過來看衣服？這裡是女裝，男裝在隔壁。」

世子道：「我隨便看看。對了，老闆娘呢？」

不提李姝色還好，一提到她，小丫頭就泫然欲泣的模樣。

世子被嚇了一跳，摸了摸鼻子問：「怎麼了，我沒說錯什麼話吧？」

他是沒說錯什麼話，不過這個時候提李姝色，可就戳到小丫頭的傷心處了。

小玉可是強撐著一口氣才能顧店，眼眶泛紅地道：「夫人昨天被大理寺的人給抓走了。」

世子聞言，驚訝地「啊」了一聲。

待聽完事情的來龍去脈後，他片刻不敢停留地去尋葉菁眉。

葉菁眉視李姝色為摯友，如果李姝色出了事，想必她心中也會極度不安，況且她一個小姑娘，怎麼就被關進大理寺監牢了？

那個地方，她一個小姑娘怎麼受得了？

他越想越是心驚，腳步一轉，轉而奔向大理寺。

因著換了牢房的緣故，李姝色睡了個安穩的覺。

早上醒來後，還有人送水給她漱洗，她不由得在心裡感慨，打點充足就是不一樣，若不是暫時出不去，還真不像是在坐牢的感覺。

這時，牢房的門被人打開，她聽見外面的人說：「世子，您請進。」

世子？

李姝色抬眸向門口看去，果然看見一抹高大的身影走進來，他容貌俊美，無端讓這黯淡無光的牢房都增添幾分絢麗的色彩。

世子真是她生平所見最符合男狐狸精這一稱號的人，長得這般好看，怪不得清瑤公主戀戀不捨。

李姝色好奇地問：「世子，你怎麼過來了？」

世子眼睛都不眨地回答。「替將軍來看看妳。」

「將軍已經知道了？」李姝色嘆口氣。「沒想到，這兩次相見，都讓世子瞧見我的狼狽模樣。」

上次被刺殺時是，這次坐牢亦是。

世子見她雖身陷囹圄，但心態倒是不錯，待遇也沒有差到哪裡去，便輕輕吐出口氣，慢悠悠地道：「妳當本世子想啊？上次救妳一命不夠，這次恐怕還不能袖手旁觀，否則將軍還不知道要怎麼埋怨我。」

這就是所謂的愛屋及烏吧！世子居然因為葉菁眉和她交好，而想著把她撈出牢房？不愧是除了女主角不愛，其他人都愛的男配角，從裡到外處處透著一股心善的感覺。若是世子知道李姝色心中所想，恐怕要嗤之以鼻，他跟心善扯不上關係，只不過不想讓菁眉傷心罷了。她才是真正的心善，為朋友兩肋插刀，只要是她認定的朋友，她無論如何都會護一輩子。

李姝色面露感激地說：「多謝世子救護之恩，這是你第二次幫助我了，我都不知道該怎麼感謝你了。」

世子一臉淡然。「妳只要不背叛將軍，一切都好說。」

背叛將軍？這是何意？

無論如何，葉菁眉都是自己的三嫂，她怎麼可能背棄自家人呢？

世子知道這件事事關重大，牽扯到撫遠侯府，李姝色如果沒有人相助，恐怕很難活著出牢房。

他道：「好好保重自己，不要隨意相信牢裡的人，也不要被假象蒙蔽，活著等待被救出去，明白了嗎？」

他這話，句句說在重點上，李姝色認真地點了下頭。「明白。」

世子出了牢房後，便直奔將軍府。

葉菁眉還在府中練槍，哪怕暫時不能回到邊疆去，也不能荒廢了。

世子剛出現，一杆長槍就直直地刺過來，他熟練地偏身躲過，隨後抬手迎擊。

這種訓練方式，他們三人小時候經常用，他們的師父也喜歡突襲，經常給他們好大的一個「驚喜」。

兩個人過了幾十招後，才堪堪停住。

葉菁眉挑眉。「有心事？這要是在戰場上，你可就要被我取下人頭了。」

世子道：「有事。李姝色被抓了。」

葉菁眉震驚地張大嘴巴，差點沒握住手裡的長槍，急問。「出什麼事了？」

世子將事情娓娓道來，葉菁眉一聽，竟與撫遠侯有關，臉色更加著急了。

「撫遠侯又要整什麼么蛾子？」

敢這麼罵撫遠侯的人也只有葉菁眉了，不過她有罵的理由，當年她掛帥的時候，就撫遠侯反對的聲音最高，如今還用她是女兒身來攻訐她，恨不得拔掉她的將軍位置。

不過，文臣武將，都是穩定國家不可或缺的關鍵，即使撫遠侯再怎麼不滿，她只要拚出實實在在的功績，就能堵住他的嘴。

「一來，我怕是上回張四的事還沒完；二來，怕那對小夫妻和妳當初一樣，無意中得罪了他，他又是極為小心眼的人，所以才不肯放過。」世子說。

葉菁眉咬牙。「不過仗著是皇后的爹，在朝堂捂住言官的嘴，掌控言論風向，如今又仗著年紀大，欺負一個柔弱的小姑娘，像什麼樣子？」

葉菁眉氣極，差點把「老不死的」罵出口。

世子看到她怒極卻鮮活的樣子，不免有些好笑。「妳也別太著急了，她在牢房裡的待遇沒妳想得那麼差。」

葉菁眉道：「不行，我現在就要去看看阿色！」

大理寺的牢獄監頭感到納悶，這兩天怎麼大人物一個接著一個來，先是狀元郎過來看他夫人，隨後大理寺少卿親自為她換牢房，上午剛來了個世子，下午這就來了個將軍。

不是說那牢裡只是個賣衣服，怎麼這麼多貴人來看她？

牢獄監頭心中雖不解，但還是恭恭敬敬地將人給請了進去。「將軍，您出來的時候，喊小人一聲，小人立馬就會出現。」

葉菁眉「嗯」一聲，便迫不及待地進去，而牢裡面的李姝色正在無聊地玩著手指。

她看到葉菁眉進來，面上微喜，迎上前問：「妳怎麼過來了？」

葉菁眉眼神上下把她打量一圈，還以為她會面露愁容，沒想到面色紅潤，一點都沒有坐牢的樣子，內心大定。「聽世子說妳出了事，可嚇壞我了。」

李姝色看出她的擔憂，上前抱住她的身子，語氣親暱。「我還好，夫君求大理寺少卿幫忙給我換牢房，還沒有人要找我的麻煩。」

葉菁眉足足比她高半個頭，還是頭一次擁抱一個女人，內心頓時柔軟不已，伸手拍了拍她的後背，道：「案子還沒有開審，所以沒人在這個時候找妳麻煩。不過，一旦大理寺卿審理妳的案子，妳的苦日子可就來了。」

李姝色心態可不是一般的好。「那我也不怕，我有夫君，夫君肯定會救我的。」

葉菁眉笑道：「嗯，妳還有我，我不會袖手旁觀的。」

李姝色乖巧地「嗯」一聲。

葉菁眉接著道：「還有王爺，還有世子，他們都不會不管妳的。」

李姝色還是頭一次這麼強烈地感覺到什麼叫愛屋及烏，抱對大腿的感覺簡直太爽！而且還是抱未來贏家的大腿，她都感覺自己也跟著一道飛升。

還有就是睿王，畢竟是她三哥，若是妹妹有難，哥哥卻不管，等以後認祖歸宗，看他還怎麼好意思繼續逗她？

至於世子……遊戲人間的癡情種，可能願意幫她也是看在菁眉的分上吧。

抱男人和抱女人完全是不一樣的感覺，昨天抱沈峭，就感覺他高大寬肩，她彷彿整個人都能被他包裹住；而抱葉菁眉就沒有這個想法，而且她身上有股獨特的香味，肩膀雖然沒有男人般寬厚，略顯瘦弱，但李姝色感覺就是心安。

她再次「嗯」一聲。「菁眉姊，妳真的是太好了。」

這刻，女將軍的眉間都有些莫名的愣怔。

她好嗎？戰場上無情廝殺，手下亡魂無數，素有鐵面將軍的稱號。

可是為什麼會對懷中姑娘如此關愛呢？

大概是……她和宮裡貴人有幾分相似，性子又甚得她歡喜的緣故吧？

她想到小時候有回進宮，因性子調皮不小心打了二皇子，惹得皇后娘娘厭煩，就要降罪於她，是貴妃攔住了皇后，說是小孩子鬧著玩，皇后娘娘母儀天下，不宜跟個小孩子較真，還親切地拉著她的手，說帶她去玩，將她帶離皇后的視線。

這份情，她至今都沒能夠找到機會報答。她既想要報答，也不希望貴妃真的有需要她報答的那天，她希望貴妃在後宮屹立不搖，沒有人能夠傷害到她。

葉菁眉面對這個長得與貴妃相似的姑娘說：「阿色，不如妳我拜為姊妹如何？」

李姝色聞言一驚。「啊？」

這可使不得！她可是她的未來三嫂，若是拜了姊妹，這輩分還怎麼論？

是姊姊，還是嫂子？

葉菁眉的語氣透著認真。「我覺得，撫遠侯那老頭不會輕易放過妳，為了讓妳在獄中少受點苦，妳我拜為姊妹，這樣他即使想要欺負妳，也得掂量幾分。」

李姝色知道葉菁眉這是好意，但她還是婉拒了。「菁眉姊，妳我情同姊妹，何須特地拜為姊妹？更何況，世子有一言說得對，妳是武將，而我夫君走的是文官道路。若妳我真拜為姊妹，恐怕外頭會議論紛紛，對你們二人的前途也有影響。」

葉菁眉聽得前半句，覺得有理，但聽到後面，不禁傲氣揚眉。「何須怕那些人的口舌？文官、武將，不都是陛下的臣子嗎？就那些人互相猜忌，搞得好像文臣和武將老死不相往來般！」

說到這個，葉菁眉作為女兒身，卻當了將軍，就是受到文官唾沫最多的一個人。自成為將軍那天起，她身上的流言蜚語就沒有停止過。

葉菁眉雖然嘴上沒有說什麼，但是背地裡早就把那些老迂腐罵了個狗血淋頭。

李姝色欣賞她身上的這份氣概和魄力，道：「姊姊說得是，怕他們言官做甚，恐怕他們上了戰場，早就被嚇得屁滾尿流，只知道回家喊爹娘了！」

她這話對葉菁眉的胃口，她知道李姝色不是個墨守成規的女人，若在別的女人面前說這話，很難不被各種說教，但是阿色不一樣，她懂她！

李姝色自然是懂她的，又有原著記憶的加持，所以跟她可以說是靈魂上的至交。

葉菁眉摸了摸她的頭，感慨一句。「突然不想做妳姊姊了。」

聞言，李姝色愣住了。

葉菁眉接著笑道：「想要做妳娘。」

這樣就能養妳了。

李姝色無言。

醒醒吧，妳沒機會了。因為，妳是我三嫂啊！

沈峭今日當值似乎有些心不在焉，陛下叫了他兩次名字，他都沒有應聲。

福全公公忍不住提醒了聲。「沈修撰？」

沈峭這才回過神來道：「陛下，您剛剛所說臣已記下。」

皇帝眼睛落在他身上，語氣關心。「你可是身子不適？若是身體不適，早點回去休息吧。」

沈峭卻道：「謝陛下關心，臣只是昨夜沒有休息好，並不是身子不適。」

皇帝這才繼續說起正事來。

沈峭有想過將阿色的事情說給陛下聽，但是轉念一想，便放棄了。

他剛任職不久，況且陛下對阿色的印象只是停留在表面，即使知道這件事，也不會放在心上。正所謂，伴君如伴虎，他的當務之急還是在陛下面前站穩腳跟，這樣即使阿色日後回宮，也會更加有所倚仗。

永壽宮。

撫遠侯家小公子的八卦不僅整個皇宮都在傳，就連皇宮裡都在傳。

誰不知道那小公子仗著皇后是他姊姊，為非作歹，無惡不作，禍害了多少良家少女和少男。

總之，狗見了都愁。

但是奈何他投胎技術好，投生在撫遠侯老夫人的肚子裡，是個實實在在的嫡子，還與皇后一母同胞。娶的妻子也是名門閨秀，寬容大度，從不阻止小公子納妾，除了沒有子嗣外，他那個夫人可以說是做到了無可挑剔。

提到孩子，說來也怪，小公子浪蕩了這麼多年，居然還沒有後代。之前，好不容易有兩個小妾懷了孩子，還以為可以一年抱倆，如今卻是抱了個空氣，兩個孩子雙雙沒了。

貴妃聽了，不勝唏噓。「本宮倒覺得外面傳言挺對，這張四就是作惡多端，老天看不過眼兒，就是要讓他斷子絕孫。」她想了下，又勾唇說：「哦，不對，理應是讓撫遠侯斷掉嫡子嫡孫才對。」

花嬤嬤道：「他們父子秉性相通，不是不報，時候未到。」

貴妃冷哼一聲。

「他和皇后那老貨當本宮是蠢的，以為本宮真不知道當年抱走小公主的刺客是誰派的？當年，清瑤和世子雖然都還小，但清瑤打出生認人起就喜歡黏著世子，這是宮裡所有人都看得見的事。等小公主出生的時候，陛下高興，賜下小公主和世子的婚約，他們就不樂意了，居然朝剛出生三天的孩子下手！」貴妃說著，咬緊牙關。「如今他撫遠侯沒了兩個孫子，當真是報應不爽。」

花嬤嬤見貴妃又要動氣，忙安慰她道：「小公主吉人天相，如今就在京城，不日就能和娘娘相認，想來老天也是站在您這邊的。」

貴妃聞言，眼中的恨意消散幾分。「小公主開了家成衣店，本宮聽說清瑤那孩子去逛過了，本宮理應找個時間也去逛逛才是。」

花嬤嬤笑道：「如此也好，娘娘就有光明正大的理由見小公主了。」

貴妃勾唇。「是啊，本宮真的是想她。」

第六十五章　陰招

沈峭出了皇宮，正巧遇上睿王，忙上前道：「睿王殿下，我有事與你說。」

他話音剛落，就聽到身後傳來一道女聲。「睿王，我有急事找你。」

李埠睿看向兩人，有些驚奇。「你們倆是串通好的，怎麼都有事找本王？」

葉菁眉與他沒有二話，直接拉著他的袖子說：「走，我們找個清靜地。」

沈峭很自覺地抬腳跟上，他知道葉菁眉和他找睿王的原因是同一個。

三人找了家安靜的茶館，隨便要了茶點後，便打發小二出去。

這時葉菁眉率先開口道：「李埠睿，你一定要救救阿色。」

李埠睿下意識地看向沈峭。「阿色出事了？」

「是。」沈峭立馬將事情的經過說給他聽。

李埠睿越聽越是心驚，他沒有想到這兩天居然發生了這麼大的事，還和撫遠侯扯上關係。

「大理寺卿親自審理此案，想來是得到了撫遠侯的授意，否則這麼小的案子不會落在他手裡，這就有些難辦了。」

大理寺卿與撫遠侯向來交好，如今他親自審理這件案子，可不就是在顧全老友的心意？

沈峭和葉菁眉為難的地方也是在這裡，就害怕他們二人沆瀣一氣，非要把罪名安在阿色身上，那麼阿色要想完好無缺地出來可就難了。

葉菁眉急道：「我打聽了下，這兩天大理寺卿在忙別的，沒空理這個案子，等他騰出手來，就要審這案子了。」

沈峭一想到阿色就是不認罪，可能要被用刑，急得差點連呼吸都停止了。「不能讓他騰出手來查這件案子，若是這件案子在別人手上還好說，若是在他手裡，我怕阿色非得遭罪不可！」

葉菁眉也是同樣的想法。「是啊，李琸睿，你想想辦法，怎麼讓阿色的案子移到別人手中？」

李琸睿伸手在桌面敲了敲，開口道：「讓他騰不出手來倒是好辦，畢竟京城每天都在發生案子，與權貴扯上關係的案子，哪件都不比這件小。」

沈峭聞言，心中鬆了口氣。

葉菁眉也道：「你說得有理，他既然忙，那就讓他繼續忙下去好了。」

沈峭問：「那之後呢？由誰來審比較合適？我會盡快查清那兩位小娘流產背後的真相，但前提是阿色能撐到那個時候。」

葉菁眉道：「大理寺少卿是個不錯的選擇，況且他之前上書的奏章犯了點錯誤，是你提點了他，你和他還算有幾分交情，至少因著這份情，不會對阿色用刑。」

沈峭卻道：「這點情分，我為了給阿色換牢房，已經用完了。」

葉菁眉想到與阿色見面時說的話，了然地「哦」一聲。

李琸睿也說：「只要在大理寺，就是在大理寺卿的眼皮子底下，即使我們想要保住阿色，畢竟是人家的地盤，我們能做的有限。」

沈峭聞言，眼睛一亮。「王爺的意思是，將這個案子移交出去？」

「對，刑部也好，督察院也罷，哪怕是錦衣衛，也成。」

「錦衣衛」三個字一出，葉菁眉立馬驚呼。「錦衣衛不可！你瘋了，阿色那個身子怎麼可以入詔獄？」

沈峭聞言也是皺眉，若是入了錦衣衛的手裡，就不是他能伸手的地方了。「況且錦衣衛只管百官，阿色雖是我的夫人，但也不該由錦衣衛管吧？」

李琸睿卻道：「魏忠這個人，從來善惡分明，是有手段，但是那些手段只往叛國異心之人身上使。阿色這件案子無關國事，他隨便查查就能查清，也能還阿色清白。」他又道：「最主要的是，落入錦衣衛手裡，誰的手都不能隨意插入，即使是撫遠侯，無論他有什麼栽贓陷害的手段，在錦衣衛面前都不好使。」

沈峭卻固執。「不成，詔獄常年陰冷潮濕，更不談鼠蟲氾濫，就是天天審訊傳來鬼叫聲，阿色也是萬萬受不了。」

葉菁眉聞言，贊同點頭。「不是還有刑部，不一定非得要錦衣衛吧？就算錦衣衛直接聽命於皇帝，撫遠侯那個老頭也不能插手，但阿色是個弱女子，我怎麼忍心？」

李琸睿聽著有些不對味，眉兒這話怎麼說得比沈峭，更像是身為夫君說的話？

沈峭立馬附和。「作為阿色的夫君，我亦是不忍心，恨不得以身代之。」

李琸睿卻道：「我將阿色當作親妹子，怎麼可能會害了她？你們倆聽我說。」

第二日，永壽宮。

貴妃站在鏡前，不停拿著常服在身上比劃著，邊比劃邊問身邊的花嬤嬤。「嬤嬤，這件怎麼樣？」

貴妃姿容絕豔，自然是穿什麼都好看，花嬤嬤知道她穿這件衣服是為了去看小公主，所以才會如此用心。

昨日剛起的念頭，貴妃就風風火火地去找了陛下，不過是出宮一日採買衣服，陛下沒有不答應的，這不，今日貴妃就迫不及待地要去見小公主了。

花嬤嬤回答。「娘娘，這件正正好，就是顏色太素，不免顯得娘娘高高在上。」

貴妃也覺得如此，扔到一旁道：「本宮也覺得太素，她若見了，不肯親近本宮可怎麼辦？」

守在一旁的宮女覺得好奇，娘娘口中的「她」是誰？但是沒人敢問出口，只恭恭敬敬地捧著衣服隨侍。

貴妃隨後又拿起宮女手中另一件荷花繡邊、清淡素雅的衣服，往身上比劃兩下，臉上露出滿意的神色。「還是這件好，顯得本宮親和，這樣她就不會覺得本宮不容易親近了。」說著，便讓宮女們給她換上。

待換好衣服，上了出宮的馬車後，貴妃又像初次面見陛下時那般忐忑，心跳個不停，不停問花嬤嬤。「嬤嬤，本宮見到她，要怎麼開口？她會不會不喜歡本宮？本宮那次賜她的簪子，她還帶在身上嗎？」

花嬤嬤明白貴妃的心思，忙寬慰說：「娘娘放心，母女一心，小公主怎麼可能不喜歡娘娘呢？娘娘若是擔心沒有話可說，就提那個簪子，只要話題打開，自然話就多了。」

貴妃這才稍稍安心。當年第一次見陛下的時候，都沒有這麼忐忑用心過。

「但願小公主還記得本宮。」貴妃深深吐出一口氣，心裡希望小公主喜歡她這個母親。

然而，讓貴妃失望的是，她來到雲裳成衣店，並沒有看見她的小公主，反而還得到了一個重磅消息。

她的小公主被大理寺的人給帶走了！

貴妃聞言，臉上親和的笑容驟然消失，隨後變得陰沈。

大理寺好大的膽子，居然敢帶走她的小公主？他們怎麼敢?!

花嬤嬤意識到她的不對勁，連忙扶著貴妃出店門，上了馬車。

一上馬車，貴妃就立馬怒道：「簡直放肆！他們居然敢這麼對待本宮的小公主！」她隨後又急道：「快！現在就去大理寺！」

花嬤嬤連忙拉著她的手臂說：「娘娘，不可！現在若是母女相認，那麼我們之前做的事情就都前功盡棄了！」

貴妃已經完全沒了理智。「本宮才不管，搶也罷，偷也好，本宮只要小公主能平平安安地回到本宮的身邊！」

花嬤嬤聲音略提高些。「娘娘，即使您現在過去，您拿什麼和小公主相認？張素素已經是公認的昭素，還是您親自接回來的，您拿什麼認回小公主啊？」

貴妃聞言，瞬間洩氣，有些不甘地咬著下唇。「本宮沒有接回小公主，是不是做錯了？」

這是一個母親對自己的靈魂發問。

花嬤嬤有些不忍地道：「娘娘，您當時為了保護小公主，才不得接回一個假的。況且那假的也確實是好靶子不是嗎？如今，她跟信王那邊打得火熱，還在您跟前提起信王的事，您當時不就猜出，是為了魯國公，若是魯國公真的被人檢舉，她好讓您跟陛下求情嗎？您的目的已經達成，您就再忍耐忍耐，終有一日會接回小公主的。」

貴妃合眸，理智和情感在極限拉扯，終於有些繃不住地撲在花嬤嬤身上。「本宮的小公主啊！她怎麼能受牢獄之災？本宮有多怕她受苦啊！」

花嬤嬤輕輕拍了拍貴妃的背，寬慰道：「小公主小時候生死劫都闖過來了，這次一定吉人天相，娘娘且寬心，老奴會安排人在大理寺看顧小公主的。」

貴妃眼淚撲簌簌地往下落。

昨晚，沈峭來看李姝色，說是已經在著手安排她案子的移交事宜。

他將事情的利害關係跟她言明，李姝色這才知道自己的處境有多麼危險，而且這裡是古代牢獄，私刑氾濫，好好的人進來，不死也得扒層皮。

想到電視劇的那些畫面，李姝色忍不住打了個寒噤，隨後害怕地問：「夫君，這件事有幾成把握？」

沈峭大手摸了摸她的頭，鄭重道：「妳放心，雖不說有十足，但至少有八成，有睿王相助，將軍和世子在旁斡旋，等妳的案子移交出去，很快就能解決了。」

沈峭走後，李姝色的心不免有些忐忑。

誰知今日，她就聽到牢門外一陣急促的腳步聲，隨後牢門被人打開，走進來兩、三個人。

為首的人穿著官服，並不年輕，約莫半百的樣子，留著鬍鬚，半黑半白，臉上透著掌握生殺大權的威嚴。

她認識他旁邊的大理寺少卿裴相，另一個人就沒見過了。

那個人察覺到她的眼光，立馬威嚴道：「大膽犯人，還不快快拜見大理寺卿。」

原來他就是大理寺卿。

李姝色忙跪下行禮，心中的忐忑不斷加深，不是說會拖住大理寺卿的步伐，怎麼今日就來提審她了？

裴相看著跪在地上的李姝色，心中嘆口氣，前面的人是他上司，他即使是有心也無力啊。

大理寺卿輕飄飄地掃了眼李姝色道：「李氏，妳可認罪？」

李姝色有些詫異地抬頭，公堂沒去過，什麼都沒審，怎麼就要她認罪？

隨後又想到，這十有八九是撫遠侯搞的鬼，他權力遮天，要一紙認罪狀又有何難？

李姝色的心涼了半截，控制語速冷靜地道：「民婦不知道大人說的是什麼罪，若是指毒害撫遠侯府兩位小娘孩子的事，民婦是萬萬不敢認的。民婦與她們無冤無仇，她們又是民婦的客人，民婦怎麼可能會去害她們呢？」

大理寺卿聽她辯駁，冷哼了聲。「妳還敢狡辯？妳和妳丈夫初次來京的時候，不小心得罪了撫遠侯小公子，他饒恕了你們，你們卻心懷怨懟之心，竟然在送給兩位小娘的衣服裡下了滑胎的藥。歹毒婦人，簡直不可饒恕！」

欲加之罪，何患無辭，想必大理寺卿來之前，早就為她準備好了動機。

李姝色語氣依舊冷靜。「大人，此話從何說起？正如大人所言，小公子放過我，我又怎麼會去主動招惹，是嫌活得太長了嗎？」

大理寺卿被她這一反問，驟然憤道：「本官不欲與妳廢話，妳若是在認罪書上乖乖畫押，還可少些皮肉之苦，人證、物證俱在，妳也抵賴不得，否則……」
他威脅一通後，揮了下手，讓人把認罪書呈上來。
李姝色看了那認罪書上的供詞後，臉色變得鐵青，咬著牙開口道：「民婦不認，民婦沒有幹過的事，憑什麼要認？」
大理寺卿聞言，瞬間氣極，喊道：「來人啊，動鞭刑！」
李姝色的心瞬間不可抑制地跳動起來，她沒有想到，大理寺卿居然這麼不講道理，一言不合就要用刑？
正當兩個人上前，就要捉住李姝色肩膀，將她從地上提起來前往刑房的時候，這時突然有個人闖了進來，那人面露慌張，急忙在大理寺卿耳邊說了句。
大理寺卿的臉色倏地變得凝重，再也不顧李姝色這件小案子，甩了甩袖子，就跨步走了出去，走出去之前還說：「裴相，你來。本官要盡快得到她的畫押供詞。」
裴相眼露暗光地應了聲。「是。」
大理寺卿走的理由只有一個，那就是信王來找他了。
正如貴妃和花嬤嬤琢磨的那般，魯國公家出事了。
其實這兩天京城都在傳魯國公家的事，只不過傳言豈可當真？就在這時，竟有人真的狀告傳言之事，可謂是一石激起千層浪。

傳言說魯國公侵占京郊良田，迫害佃戶，還殘害良家少女，手段極其殘忍，等受害者家人找上門的時候，他卻閉門不見，還暗中派人打死苦主，幸得以逃脫一人，這才將魯國公的罪行公諸於世。

魯國公是信王的人，所以信王來找大理寺卿也在情理之中。

不過這個時間點很微妙，魯國公的事早不爆發，晚不爆發，偏偏在這個時候爆發，這就耐人尋味了。

留下的裴相看了眼李姝色，語氣幽幽地道：「等一下可能要委屈妳了。」

李姝色明白，若是不動刑，倒楣的就是裴相了。

裴相還不至於為了她，拿自己的前途做賭注。

等綁到十字架上的時候，李姝色額頭的冷汗終於冒了出來。

裴相拿著塊乾淨的帕子，讓她咬著，溫聲道：「我會讓他們下手輕些。」

李姝色聞言，覷了他一眼。

也行。

第六十六章　餵藥

魯國公的案子拖住了大理寺卿的步伐，李姝色受了頓鞭刑，被送回牢房的時候，他都沒有再出現。

李姝色躺在床上，疼得直抽氣，原來這就是古代的鞭刑，痛到鑽心，她感覺連喉嚨都要溢出血來，渾身上下沒有一處是不疼的。

裴相給她留了藥，但是她只要一動，就會抽痛，便也懶得搽藥了。

眼皮很重，不一會兒，她就迷迷糊糊地暈了過去。

暈過去之前，還在心裡痛罵撫遠侯和大理寺卿，兩個人狼狽為奸，妄想屈打成招，想來這樣的事，他們不只幹過這一件，不知道有多少人死在他們的合謀下，當真是可惡、可恨至極！

李姝色當即發了高燒，她這副身子實在是太弱了，本來就是被沈家二老嬌養大的，沈峭也疼寵她，她哪裡受過這樣的罪？

燒得迷迷糊糊間，她聽見有聲音在耳邊喊道：「阿色，阿色……」

李姝色睜開眼睛，看到一張熟悉且關切的臉，不過分別一日，沈峭臉色便憔悴了這麼多。

她張了張唇，發現喉嚨澀得厲害，什麼話也說不出來。
沈峭察覺到她的需求，端著水杯送至她蒼白的唇邊。
李姝色小口小口地抿著水，待緩解了口中的乾渴後，癟著嘴巴就要哭出聲。「夫君……嗚嗚……」
這個世界不講道理，上位者擁有太多的生殺大權，大理寺卿可以什麼都不審問，就讓她認罪畫押，她不肯，他就命人對她用刑。
李姝色可以在受刑的時候，不哭出聲，然而一看到沈峭，就再也忍不住，眼淚撲簌簌地往下落，委屈的樣子，瞧著讓人心疼。
沈峭的心被她的眼淚都融化了，剛剛她昏迷的時候，他給她上了藥。當初，他一進來就看到李姝色滿身是血地躺在床上，閉眼昏死過去的樣子，他內心很慌且害怕。
沈峭伸手，溫柔地替她抹去眼淚，柔聲道歉。「阿色，對不起，是我沒有保護好妳。」
李姝色搖頭。「不是的，是撫遠侯和大理寺卿，他們非要讓我認罪，不關你的事。」
沈峭心口窒痛，端起手邊溫度剛好的藥，對她說：「阿色，喝藥。妳發燒了，得趕緊退燒。」
李姝色一下子停止了哭泣。看著碗裡黑色的藥汁，濃重的藥味鑽進鼻子，她嫌棄地皺起眉頭，將頭偏了過去。
她從小就害怕打針吃藥，中藥更是苦得倒胃，要是這一大碗喝下去，不得把心肝膽肺都給嘔出來？

不就是發燒了嗎？為什麼非得要吃藥？她捂出汗不就好了？

李姝色語氣悶悶地道：「不要，不喝，藥苦。」

她一下子耍起小孩子脾氣，沈峭倒是不知道該怎麼辦了，只能輕聲哄道：「阿色乖，這個藥不苦的，我晾了半天，就等著妳醒來喝，妳也想要傷快點好起來，不是嗎？」

哄她也沒用，不喝就是不喝，況且身上的傷搽了藥後，疼痛比之前少多了。

反正吃藥是熬，不吃藥也是熬，總之都是熬，就熬著吧。

李姝色不聽他的話，依舊固執。「不要，忍一忍就過去了，我不喜歡喝藥。」

面對突然這麼「不乖」的李姝色，沈峭完全束手無策，他有些無措地看著李姝色，突然腦袋一熱，端起藥碗往嘴裡灌了一口。

隨後，扳正李姝色的下巴，在李姝色驚訝的眼神中，俯身覆上她的唇。

李姝色的眼睛倏地瞪大。那藥汁順著她被撬開的牙齒，順著喉嚨而下，她不自覺地吞嚥著，藥汁的苦味瞬間在嘴巴裡蔓延開，李姝色的眼眶又紅了圈。

直到她把藥都吞嚥下去，沈峭才戀戀不捨地離開她的唇，看到她的唇瓣留有殘存藥漬，他用舌尖替她抹去。

李姝色聲音都啞了，無助地哭訴。「他們欺負我，你也欺負我。」

這藥真的是好苦！小說裡說「嘴對嘴餵藥，連藥都是甜的」，都是騙人的！

沈峭滿眼憐惜，伸手摸了摸她腦袋，像安慰幼獸般安慰道：「乖乖喝藥，捨不得欺負妳。」

騙人！

李姝色抓著他的手，報復地掐著他的手心，嬌嗔道：「我說了我不喝藥，你非要我喝，大混蛋！」

她沒力氣，掐得一點都不痛，跟小貓撓掌心般，沈峭任由她發洩，卻固執地把剩下的藥送到她嘴邊。

李姝色頓時又洩了氣，殘留的苦味在嘴巴裡蔓延，苦得她都開始反胃，可憐兮兮地看著他，求情地問：「可不可以不喝了？」

「不成，」沈峭語氣不容拒絕，像是威嚴的大家長對自家孩子訓話般。「這藥必須喝。」

李姝色直接耍賴。「剛剛已經喝了，藥性已經起作用，不需要再喝了。」

聽著她這毫無道理且賴皮的話，沈峭笑出聲。「藥要喝完才有效。乖，我讓裴相準備了蜜餞，等妳喝完，就給妳吃好不好？」

李姝色心不甘、情不願，小半碗的藥花了大半天，才終於餵了下去。

李姝色從小就不愛吃藥，小時候受寒也是這般，哭鬧著就是不肯喝，沈家二老心疼她，不肯下手勁去餵。

沈峭不一樣，等二老將藥擱置在桌上放涼，讓她緩緩再喝的時候，他都會拿起藥碗，直接打開她的嘴，咕嚕咕嚕地給她灌下去。

當然了，這麼做的下場是，她吵鬧了小半個月，他都沒能好好溫書。

這點，阿色從小到大都沒有變過。

他拿著一顆蜜餞，遞到她嘴巴前，李姝色秀氣地張口咬下，舌尖不小心觸碰到了他的指尖。

沈峭呼吸頓了頓，心裡笑罵了聲，冤孽！

這次李姝色受了刑，讓沈峭深刻意識到權力的重要性，如果他能爬得再高點，或許阿色就不會受這頓苦。

同時，他也考慮起昨天睿王在茶館裡說的話。「錦衣衛指揮使魏忠只聽命於陛下一人，即使撫遠侯的手伸得再長，也不能干涉到錦衣衛。二來，詔獄雖然令人聞風喪膽，但是自建立以來，也關過前朝的皇室宗親，所以也有乾淨的單間牢房，如果能把阿色安排進去，阿色也不會受太多委屈。」

如今看來，這大理寺不是個養傷的好地方，阿色身上的傷又重，是得給她尋個好去處才是。

至於魏忠，他當初協助他擒殺胡通，也算是認識，希望他看在這件事的分上，能夠秉公處理，還阿色清白，至少不要折磨阿色。

決定好之後，沈峭不再耽擱，立馬就告訴睿王，請他協助將阿色的案子移交到錦衣衛手裡。

雖然錦衣衛查百官事，但是大魏發生的大小事，錦衣衛尋個由頭都可以插手，並且無須向他人彙報，只須向陛下表奏。

於是，李姝色在忐忑養傷的第二天，就被錦衣衛的人給帶走了。

帶走的時候，錦衣衛只有跟大理寺打了聲招呼，其餘的什麼也沒說。

原本以為錦衣衛帶走人，意味著死期將近，沒想到錦衣衛接人的時候，還特地抬了轎子，像是忌憚犯人有傷般，這就讓人看不清了。

李姝色被錦衣衛帶走的消息不脛而走，大理寺卿忙著處理魯國公的事，無暇顧及她，所以她出大理寺的時候算是暢通無阻。

這消息很快傳到貴妃耳中，貴妃差點一口氣沒提上來。

「荒謬！小公主怎麼能去詔獄？那鬼地方，小公主又受了傷，身子怎麼受得住？」

她自然也知道李姝色受刑的消息，氣憤得將手中玉盞直接砸碎，差點要衝出宮，找那大理寺卿拚命。

花嬤嬤好說歹說才把人給攔住。

這下，又聽到李姝色下詔獄的消息，貴妃的脾氣就又按捺不住了，差點要衝去詔獄，直接把人接來養在宮裡才好。

是啊，她直接養在宮裡，看哪個不要命的敢來永壽宮帶人走？

花嬤嬤再次勸住了她。「娘娘，您息怒，按理說這件事不該錦衣衛的人插手，這其中必有貓膩，反正小公主是不能再待在大理寺了，詔獄相對小公主而言，反而不是個壞的去處。」

貴妃深吸一口氣。「妳去把魏忠給叫來，本宮提點他兩句。」

花嬤嬤知道貴妃肯定是要有所行動的，若是沒有任何舉動，她就不是貴妃了。

等魏忠被叫來的時候，貴妃開口第一句就是：「本宮今日喚你過來，是想求你件事。」

魏忠的心往上提了提，他想到上次貴妃這麼好聲好氣地說話，是為了出宮去接小公主，然後就遇到刺殺，隨後他又被打發到那良州剿匪。

再上次，就是她跟陛下鬧脾氣，非要回娘家，然後不肯回宮，又是自己兩邊受苦，還被罰俸……

總之，事出反常必有妖，貴妃娘娘這是又要給他出難題了。

魏忠小心應付道：「娘娘請說，臣能做的，一定萬死不辭。」

不能做的，您就放過臣吧。

貴妃不容許他打馬虎眼。「不是要你賣命的大事，就是一件小事，不必這麼愁眉苦臉的。」

魏忠道：「臣慚愧。」

貴妃繼續說：「詔獄來了個新的犯人，她的名字叫做李姝色。」

他知道這事，李姝色是沈峭的夫人，睿王也發了話，因為是小事，他也就賣了個面子。況且，事關撫遠侯，也與陛下交代的事有關，所以他是給認真辦了。

「本宮讓你好好照顧她，盡快洗刷她身上的冤情，她若是在你的詔獄少了根頭髮，本宮就命人將你全身的骨頭給拆了！」

這李姝色是何等人物？居然連貴妃也要保她？

貴妃從來不過問詔獄的事，即使有被押入的自家親戚，她也從來沒有特地交代要關照過，就跟不知道有這件事似的，她依舊好好地做她的貴妃，所以外界又給她扣上「冷酷無情的妖妃」帽子。像今日這樣還是頭一次，如何讓他不驚訝？

貴妃見魏忠不說話，還以為她說的話不管用，當即又摔了個茶盞，怒道：「怎麼，本宮說的話不管用，非得陛下說話才管用不是？」

誰不知道只要她開口，陛下准給三分顏面，只不過是不動刑，好吃好喝地招待著，又有何不可？

魏忠立馬道：「臣不敢，臣謹遵娘娘口諭，定洗刷沈夫人身上的冤情。」

貴妃這才滿意地放人。

等魏忠要退下的時候，她又把人叫住，接過花嬤嬤手上的傷藥，臉上露出憐惜和不忍。

「把這藥給她用，本宮知道她在大理寺受了刑，你可得好好照顧她。好好一個姑娘，可不能在身上留下疤痕。」

魏忠接過，道：「是，娘娘。」

心中的詫異又多了兩分，當初她親族被關的時候，她連過問一句都沒有，更別談送藥了，如今這是突然轉了性，這麼關心狀元郎家的夫人？

還是說，有意拉攏狀元郎？

這想法轉瞬即逝，貴妃好端端地，何必跟狀元郎賣好，她只要牢牢抓住陛下的心，什麼得不到？

魏忠出了永壽宮後，沒有耽擱，直接去詔獄見李姝色。

他突然對這個狀元夫人產生好奇，被這麼多人惦記，想來不是個簡單的人物。

然而，在他看到李姝色的那一眼，就完全顛覆了來時路上的感覺。

第一眼，這個世界上居然還有如此像貴妃娘娘的人？

第二眼，憑他多年斷案直覺，她定不是個心機深沈的人，相反的，還是個壞心思藏不住的人。

李姝色見到魏忠也有些驚訝，因為身上有傷，所以不敢輕易亂動，只是撐著胳膊要起來。

在她皺眉的那一刻，魏忠開了口。「咳，沈夫人，妳躺著便是。」

李姝色聞言也不勉強起身，問：「請問大人是？」

「我是錦衣衛指揮使魏忠，有人托我送藥給妳，妳好好養傷便是。」說著，魏忠將藥瓶擱置在她床邊的桌子上。

李姝色道：「謝大人。」

魏忠問起有關案子的事。「撫遠侯府的事，當真與妳無關？」

李姝色回道：「大人，不瞞您說，撫遠侯府是什麼身分的人家，我心中是清楚的。我不是傻子，好端端地為什麼要去害那兩位小娘？她們的孩子若是沒了，對我沒有半分好處。況且，她們是我店裡的客戶，我就更加沒有害她們的心思了。」

魏忠瞭解了情況，心中有數。「妳好好養傷，這件事我會調查清楚。」

李姝色恭敬道：「謝大人，還望大人早日還民婦清白。」

第六十七章 作夢

永壽宮。

貴妃剛打發走了魏忠，翠珠進來道：「娘娘，公主求見。」

貴妃閉了閉眼睛，再次睜眼的時候，臉上哪裡還有剛剛的脆弱模樣，道：「讓她進來。」

花嬤嬤在她耳邊道：「想必是為了魯國公的事而來。」

「呵，」貴妃譏笑。「別人給兩根骨頭就跟著跑了，都快忘了自己姓什麼了吧？」

花嬤嬤附和道：「奴婢也是這麼覺得，畢竟不是娘娘親生的，若是小公主，無論如何都會向著您，不會被人輕易帶偏。」

貴妃道：「魯國公必須除掉，無論如何都要斬掉信王的臂膀！」

她會親眼看著皇后身後的倚仗一點點消失，直到她從那高高在上的皇后位置上跌下來！

昭素進來後，先是行了禮，隨後忙不迭地說：「母妃，您最近有聽說魯國公的事嗎？」

貴妃嘴角勾起一抹弧度。「什麼？本宮還真沒聽說有關魯國公的事。」

「還不是那些刁民有意陷害魯國公，這件事真的是讓人難以置信！」昭素語氣有些憤憤，不停地抱怨那些人是怎麼冤枉魯國公，還說那些刁民只是為了錢財，所以才刻意構陷魯國公。

抱怨一番後，昭素說：「母妃，魯國公是國之棟梁，可不能被刁民隨意陷害，您能不能幫他向父皇求情？」

昭素進宮也快一年了，貴妃雖說沒有親娘的關愛之心，但是一應吃穿，該有的公主待遇一點都沒少，沒想到這孩子竟要這般糟蹋她的心意。

貴妃心中冷笑，嘴上卻道：「這件事妳要本宮如何去和陛下說？再說，本宮素來與魯國公無半點交情，本宮又為何要幫他？」

昭素臉上的表情僵住，也許是她之前在貴妃這兒有求必應，還以為她會像之前救她二哥那般開口幫忙，沒承想一句話就把她給堵回來。

她身後的遙祝也是面容僵住。他覺得近日來，公主如失心瘋般，時不時和信王相見，每次相見都要打發他離開。

至於那魯國公是什麼貨色，他是清楚的，也把自己調查到的事告知公主。但是公主一意孤行，竟還在貴妃面前替魯國公求情，他也不知道該怎麼辦了。

難道，他對公主的一片赤誠之心，她就看不到嗎？為什麼如此聽信信王，他的話卻一點都聽不進去？

公主，再也不是剛進宮時依賴他的公主了，說不心痛是假的。

遙祝俊俏的臉上滿是失落。

雖然被貴妃一句話拒絕，但昭素不是輕易放棄的人，繼續遊說道：「母妃，雖素無交情，但兒臣就是見不得好人被陷害，您就跟父皇求情吧，好不好？」

貴妃聞言，嘴上敷衍道：「既然本宮的小公主都如此求本宮了，本宮自然是應的。」

聽貴妃應下，昭素臉上掩飾不住的笑容。「謝謝母妃，母妃對兒臣最好了。」

貴妃心中冷哼，嘴上答應罷了，誰又能知道她私下是怎麼跟陛下說的呢？

從永壽宮出來後，昭素迫不及待地前往與信王相約的地點。

還是上次那個御花園，依舊是將遙祝打發走，昭素和信王單獨會面。

信王臉上難掩憂愁。「素素，如何？」

昭素立刻回答。「貴妃答應了，想來有貴妃相助，陛下那兒的態度也會有所鬆動。」

信王吐出口氣，沒想到眼前這個蠢貨，還是有些用處。

他母后不宜向父皇求情，父皇最不喜結黨營私，所以無子的貴妃就是最好的選擇，她去求情，父皇也不會有猜忌的心思。即使父皇生氣，被拖下水的人也是眼前這對母女，與母后、與他無關，真是一箭雙雕。

信王的心定了些，說：「素素真是本王的賢內助。」

賢內助？賢內助不是指妻子嗎？他怎麼這樣與她說？

昭素的臉色一下子紅了，她的心怦怦跳。自從信王知道他們不是兄妹後，他的言語就比之前多了幾分親暱，讓人有時好生難為情。

信王自然也看出她的羞赧，心道若是必要，美男計也不是不可行，如果能讓她死心塌地為他賣命的話。

況且，她背後還有貴妃，他並不虧，信王眼底逐漸幽深。

昭素道：「還請王爺遵守承諾，不會將我的身分說出來。」

信王笑咪咪地道：「這是自然，如今我們的關係可不像從前。」

關係，他們是什麼關係？

昭素詫異抬眸，待看到信王嘴角曖昧的笑，不免有些失神。

陛下的兒子長得都不錯……

信王看到她這副突然害羞的模樣，上前一步，離她越來越近，語氣多了幾分輕佻。「雖然不是公主，但是這一年來，妳的舉止倒真像是位公主，好到讓本王，都有些心動呢。」

昭素臉色大變，連耳尖都是紅的，後退一步惱道：「王爺，你在胡說什麼？」

信王也不逼迫，戲謔道：「本王說的是真心話，素素何必惱怒？若是素素不開心，本王不再把心裡話說出來便是。」

李姝色自從進了詔獄後，發現自己的待遇比在大理寺監獄裡還好，指揮使魏忠還挺照顧她的，每天好吃的、好喝的一頓不落，還有飯後甜點，又專門撥了一個小姑娘按時幫她搽藥擦身，總之就好像是住在現代醫院裡養傷般。

她其實是有些詫異的，這魏忠就算是得了什麼人的授意，也不能如此優待她吧？還是說，這裡面還有其他的隱情，她並不知道？

不過，自從第一天見到魏忠後，就再也沒有見過他了，所以她也無法打聽。

另外，她已經有好幾天沒有見到沈峭了。

詔獄畢竟是詔獄，不像大理寺，還能打點一下就自由出入，這裡可不存在打點的說法。

不過，她是被他和睿王安排進詔獄的，即使見不到面，他也應該能知道她的境況，也不會過度擔心她。

李姝色養傷的這幾日，不知道朝廷簡直炸開了鍋。

起因自然是魯國公的事，太子一黨在朝上怒斥魯國公，請陛下嚴懲魯國公，以正視聽。

然而，信王的人自然是要竭盡全力保住魯國公，與太子黨的人口舌大戰幾十回合，誰也沒有占上風，直到陛下發怒，甩袖憤憤下了朝。

下朝後，李琸睿就跟著信王的步伐來到皇后的宮裡。

如今，李琸睿雖被皇后、信王懷疑有異心，但還沒有完全撕破臉面，況且他們如今最大的障礙是太子，所以李琸睿跟著信王，信王反而覺得他是站在自己這邊，更不會把他趕走了。

進了殿門，打發出去不必要的人後，信王就惱道：「母后，依太子那個草包今日表現來看，魯國公案子的幕後黑手肯定就是他！」

李琸睿心道，半是、半不是吧，證據是他收集的，也是他交給太子的。

太子雖是草包，但是他身邊的門客、謀士不都是蠢的，難得辦了一件俐落事，一天內就把魯國公的事給告發出去。

本來他也不想這麼快，還想好好籌謀一番，不過那時阿色小丫頭在牢獄，不得不讓他提前行事。

皇后聞言，沒有正面回答，而是問了李琸睿。「睿兒，你怎麼看？」

李琸睿道：「兒臣在想，太子是不是早就在收集證據，想要一舉扳倒魯國公，好斷掉二哥的臂膀？」

他這話一出，信王更是憤憤咬牙。「他竟然有這本事，倒是我之前小瞧了他！」

李琸睿毫不客氣地甩鍋。「即使太子沒有這個心思，但是他身邊的人又有幾個省心的？據說他一直在招攬能人奇才，是那些人出的法子也不一定。」

信王聽了，頓覺有理。「我也認為，是他手下那些人為他出謀劃策，否則就憑他那腦子，成事不足、敗事有餘，幹不了這種事。」

李琸睿垂眸，掩下眼中思緒。

「不成，魯國公必須保。母后，您說該怎麼辦？」信王問。

皇后道：「少安勿躁，這件事還須從長計議，反正魯國公人在大理寺，暫時出不了事。」

這也是唯一讓信王欣慰的地方。

如果是在詔獄，恐怕就是凶多吉少了。

母子倆又商量了一陣子，李琸睿全程附和，也沒多插嘴，隨後便被皇后打發了出去。

等他走後，皇后問信王。「本宮怎麼感覺這件事跟睿王也脫不了關係？」

信王卻道：「母后，您多慮了吧，這件事背後肯定是太子搞的鬼。」

皇后沒有說話，只是隱隱感覺李琸睿沒有之前那麼聽話了。「你以後什麼事都不要和他說，他也長大了，看著再忠心的狗，也難免會為了那個位置而背叛你。」

信王道：「明白。」

李姝色的案子比起轟動朝野的魯國公案，簡直不值一提，不過魯國公的案子，如今陛下沒有要交到錦衣衛手裡的意思，所以魏忠有空閒去調查李姝色的案子。

這幾天的調查，還真的讓他發現了點端倪。

他發現小公子的夫人很是可疑，這些可疑的點，還是從兩位小娘身邊服侍的人盤問出來的。

有個貼身伺候蔣小娘的婢女說，夫人雖然看著對住在她院裡的蔣小娘不錯，但是私底下的搓揉也不少，比如讓她日日早起去請安，對一個大著肚子的女人來說，根本就是種折磨，而且讓她親自奉茶不說，還經常挑刺兒讓她站規矩，說是以防小娘恃寵而驕。

其次，就是蓮小娘那裡，雖然她背後有老夫人撐腰，夫人明面上不能拿她怎麼樣，但有次請安後，蓮小娘在回去的路上，就在離夫人院子不遠處，竟然無緣無故因鵝卵石滑了一跤，差點落了胎。

還是這個婢女心細，她知道夫人在外美名遠播，極得京城人的稱讚，小公子沒什麼能力，但是小公子夫人倒是能幹的，老夫人年紀大了後，府上的宴會就放手讓夫人歷練，參加宴席的人就沒有不誇她能幹的。

不過，自從住進夫人院子後，這個婢女才發現，傳聞也不盡如是，她看著小娘們在夫人手裡吃了多次暗虧，如今被魏忠問起，也是不吐不快。

魏忠聞言，又去問了蓮小娘的人，關於那次差點滑胎的事。那婢女也說那次極為蹊蹺，好端端地就摔了，孩子差點沒有保住，好在上天垂憐。

不過這麼幸運的事也只有一次，沒有再發生第二次。

魏忠又查了那衣服上的滑胎藥，以及衣服進入撫遠侯府後經手的人，心中已然有了數。

昭素前兩天忙著為信王辦魯國公的事，今日才終於聽到李姝色被抓的消息，本來還想去大理寺「看看」她，沒承想後來被錦衣衛捉去詔獄。

誰都知道詔獄那是個鬼地方，所以她就更加幸災樂禍，每天坐等李姝色死亡的消息。

然而，讓她失望的是，李姝色的死訊一直沒有傳來。

這天，昭素忍不住讓遙祝去打探，遙祝帶回來的消息是還好好活著。

她就有些不高興了，本以為李姝色熬不過三天的。

昭素冷靜了下，對遙祝說：「你安排一下，我要見沈峭。」

遙祝愣了下，隨後應道：「是。」

沈峭被遙祝請來和昭素碰面。

在路上，沈峭說：「我記得你。」

遙祝表情淡淡。「我經常陪在公主身邊。」

「不是，」沈峭說：「當初你在嶼君山重傷，是我爹和張二叔把你帶下山的，我家沒有空房間安置你，便把你安置在張二叔家。」

遙祝眉間皺了下，這他還真不知道，張家人沒說他還有另一個恩人。

沈峭繼續道：「那時你渾身浴血，還是我幫助張二叔，替你擦身子，那時你還在昏迷中，估計不知道。」

遙祝聽他這麼說，心中升起警惕。「你這麼說的用意是什麼？」

「沒有其他用意，只是覺得張二叔家占便宜慣了，估計不會告訴你這件事，只是單純想要說出來罷了。哦，對了……」沈峭面露好奇地問：「想必昭素的公主身分，也是你發現的吧？據說是根據一枚鳳凰玉珮？」
遙祝的心緊了下，面露不善地看向他。「你這是什麼意思？」
沈峭道：「沒什麼，純屬好奇。」
遙祝莫名不安了起來。
昭素等了沈峭好一會兒，才看到他們姍姍來遲。
急躁的心在看到沈峭的那刻，立即就平復下來，今日沈峭還未來得及換下官服，越發襯得他寬肩窄腰，風姿卓然。
昭素的心熱了起來。她依舊是打發遙祝離開。
遙祝現在的心已經麻木了，他感覺公主離他越來越遠，他很怕有一天，她會不再需要他。
沈峭也不行拜見禮，就直直地看向她問：「妳找我何事？」
「我聽說李姝色被抓了？」昭素的語氣難掩興奮。「現在被關在詔獄？」
沈峭皺眉。「與妳無關。」
「如何與我無關？我有法子能夠救她。」
沈峭冷笑。「妳能有什麼法子？」
昭素自信回道：「她犯了那樣的罪，肯定是要被判死刑的，但是我可以去向陛下求情。死罪可免，活罪難逃，可以判個輕判，就判個流放吧。」

沈峭聞言，嘴角扯了下，滿眼不屑。

昭素沒能讀出他眼裡的意思，還在自顧自地說：「若是想要我跟陛下求情，也不是不行，就是你得答應我一個要求。」

「哦？」沈峭冷哼。

昭素興沖沖地道：「只要你肯休了她，娶我為妻，我就答應幫李姝色向陛下求情！」

原來她打的是這個主意。

沈峭冷聲回了兩個字。「作夢。」

信心滿滿的昭素陡然愣住。「什麼？」

「我說妳在作夢，無論如何，我都不可能休掉阿色娶妳的。」

昭素瞬間怒喊道：「我可是公主！」

沈峭眼神逼視著她。「是嗎？那枚鳳凰玉珮究竟是誰的，偷來的身分就讓妳這麼有成就感？」

昭素瞬間瞪大眼睛，再也說不出一個字來。

他知道！不，應該說是他和李姝色都知道！

所以，那天，李姝色才會說那樣的話！

當時她就懷疑了，只不過一直沒有去證實，現在沈峭居然就這麼說出來了！

昭素很快反應過來。「那又如何？你們知道又如何？你們有什麼證據說我是假的？玉珮在我手裡，我就是真公主！」

即使他們早就知道又如何？他們手裡沒有任何證據。

知道這個證據的沈父、沈母已經死了，剩下的就是張家人，即使他們現在鬧翻，但他們也不敢把這件事說出來，畢竟他們現在所擁有的一切，都基於她的公主身分。

所以，昭素只慌亂那一下後，便逐漸冷靜下來。

若是他們有證據，早就讓李姝色認祖歸宗，哪裡還需要等到現在？

昭素有恃無恐。「沈峭啊沈峭，你以為就憑你一己之言，旁人就會相信李姝色是真的公主嗎？」

沈峭卻篤定。「會有真相大白那一天的。」

昭素冷笑。「那我便等著吧。」

沈峭轉身走了。與這樣的人再多待一秒鐘，他都覺得噁心。

第六十八章　最美

昭素看著沈峭離開的背影，剛剛還一副倔強的臉，瞬間眼睛蓄滿淚水，大顆大顆地落下。

自在京城第一次見到他，她就一直在用熱臉貼冷屁股，直到今日，她算是明白過來，這個熱臉不必再貼下去，沈峭這輩子都不可能娶她了。

心痛到不能呼吸，昭素伸手緊抓住胸前，彷彿整顆心都被人挖走了。

他是她從小就欣賞喜歡的人啊！

她盜用李姝色身分，有部分原因也是為了他啊！她是真的很想和他有結果，而不是日日追在他屁股後面，等他想到她時才轉身與她說話。

遙祝在看到沈峭離開的時候，就連忙走了過來，待看到昭素居然在哭，心疼地上前問：「公主，您沒事吧？」

昭素抹了把眼角的淚水，強作鎮定地說：「我沒事。」

這時，她貼身伺候的小宮女捧著一封信走過來，遞到她跟前說：「公主，這是張家給您的信。」

她打開一看，是大哥的筆跡，大哥雖然識字不多，字也寫得歪歪扭扭，但她還是毫無障礙地把整封信給看完了。

看完之後，昭素就憤怒地撕碎整張信，怒喊道：「逼我！你們都在逼我！混蛋！」

張家人又在逼她對沈峭下手，否則就斷絕她與張家的關係，語氣之決絕，彷彿她不姓張般。

遙祝心疼地握住她的手道：「公主，您冷靜些。」

所有人都在逼她！

張家人逼她早點殺了沈峭，沈峭也在逼她身分快要暴露，就連信王也在逼她，讓她趕緊勸動貴妃去替魯國公求情。

她怎麼可能捨得殺沈峭？還有貴妃不去勸陛下，不肯動這個嘴皮子，她又能如何？難道要強押貴妃到陛下跟前說嗎？

重重壓力之下，昭素終於控制不住，大哭出聲。

遙祝不敢逾矩，見她哭出聲，發洩心中苦悶，只低低地道：「公主，哭吧，哭一場就好了。」

夜幕降臨，御花園。

昭素來到與信王約定的地方，手裡還捧著酒瓶。

她實在是太心累了，大哭一場後，便開始買醉，但是腦子仍沒忘記今日與信王之約。

無非就是為了魯國公的事，反正她帶的話已經帶到，貴妃不肯在陛下面前說情，她也沒辦法，說不定貴妃已經求情，但是魯國公一案事關重大，被陛下拒絕了呢？

無論是哪種情況，都是她沒有完成信王交代的任務，所以她此次過來，也有種破罐子破摔的感覺。

信王到的時候，就看到已經快要說不出話的昭素，她坐在石凳上，往手裡的酒杯倒酒，就她一個人在月下獨酌，大有舉杯消愁之意。

信王走上前，一把奪過她手裡的酒杯，遞到嘴邊一飲而盡。

他覺得今晚，想醉的不只是昭素一人，他也想醉。

昭素見自己的酒杯被拿走，立馬站起身，兩頰緋紅地看著信王，吵鬧著要他還她酒杯，抬手就要去拿，沒想到被自己的腳絆了下，直直地摔進信王的懷裡。

信王伸手抱住她，女人七、八分醉，也別有一番風情。

昭素仰頭抬眸，雙眼迷離地喊道：「信王……」

信王手指掐住她的下巴，戲謔道：「投懷送抱的女人，本王不會拒絕。」

說完，握在昭素腰間的手一點一點地上移……

養病的日子挺無聊的，每天除了吃就是睡，身上的傷已經結痂不疼了，但是疤痕很難看，好在為她上藥的姑娘說，藥是上好的藥，只要每日塗抹，就不會留下疤痕。

李姝色雖然半信半疑，但最終還是選擇相信，畢竟樂觀的心態很重要。

在這裡沒啥不好的，就是有些遺憾不能見到沈峭。

不過，葉菁眉來看過她幾次，看到她身上的傷，向來天不怕、地不怕的女將軍居然破天荒地紅了眼眶，還懊惱自己沒有帶祛疤的藥，只帶了普通傷藥。

等她走後，世子就過來了，像是要完成某人的任務般，特地給了她一瓶祛疤的藥，說是不能祛疤就找他。

李姝色當時就問：「如何找你？」

世子居然說：「若是沈峭因妳身上有疤而休了妳，本世子會負責到底。」

李姝色半晌沒說話，最後咬牙道：「我家夫君才不會因此休了我。」

世子沒留太久，說了幾句話，聊了案子進展，把藥擱下後就走了。

李姝色原本以為葉菁眉和世子都能進來看她，沈峭也可以，但是沈峭一直沒有出現，這讓她很是失落。

等她被放出去後，日日就能見著他了。她靠著這點念想來安慰自己。

又是一天過去，李姝色吃完晚飯，上了藥、擦了身子，剛要睡覺的時候，突然牢門被打開，走進來一個人。

李姝色定睛一看，驚喜喊道：「夫君！」

沒錯，正是沈峭。

沈峭走到床邊，開口第一句便是關心她的傷勢。「阿色，妳的傷怎麼樣了？」

如今正是結痂難看的時候，李姝色含糊道：「不疼了。」

沈峭聞言，有些不放心，就要掀開被子看看她的傷。

李姝色緊緊拉住自己的被子，瞪大眼睛問：「你幹麼？」

「乖，看看妳身上的傷。」他道。

「不成！」李姝色直接拒絕。「我不給你看！」

沈峭俊美的臉上有瞬間的錯愕，問：「為何？」

李姝色脹紅了臉，囁嚅道：「好、好醜……」

沈峭俯身，落下一吻在她唇角，哄道：「不醜，阿色什麼樣都好看。」

騙人！待他看了她的身子，肯定就不會這麼說了。

沈峭又說：「真的，無論阿色變成什麼樣子，在我心裡永遠是最美的。」

為什麼會有女人陷在男人的甜言蜜語裡。

因為，情話真的是太好聽了！

李姝色都忍不住要淪陷了，而在他順勢要拉開她被子的時候，她還是死命地拉住，堅守地喊道：「不成！說不給你看就不給你看！」

她身上的疤縱橫交錯，她自己看了都皺眉，這麼醜的身子，怎麼可以給心愛的人看呢？

見她如此堅持，他也不好硬要看她的傷，便直起身子，開始脫身上的衣服。

李姝色看到他的動作，瞇著眼睛，警惕地問：「你幹麼？」
沈峭道：「魏大人允許我留宿一晚。」
啊？魏大人居然這麼好心，讓他們小夫妻在這牢房裡相聚一晚？
待看到他脫了外衣後，李姝色的身子很誠實地往旁邊移了移，給他留出外邊的位置。
他們好久沒在一張床上睡覺了，說實話，李姝色還真懷念有人形暖爐的日子。
沈峭躺下後，拉過李姝色肩膀，讓她的頭靠在他的肩上，這一擁便像是擁住全世界。
李姝色伸手環住他的腰，軟軟地說了句。「夫君，有你在真好。」
她的意思是，他還能陪她一起睡覺，真好。
沈峭明白她的意思，將她的身子摟得更緊。「睡吧。」
「嗯。」
待察覺懷中人呼吸均勻，已經睡著後，沈峭便輕手輕腳地掀開被子，察看她的傷勢。
雖然她說不疼，好多了，但是真看到傷口，沈峭還是紅了眼眶。
冰涼的指尖撫在那疤痕上，眼底的憐惜再也壓制不住，滿滿地溢了出來。
不會有下次了，他心道。
隨後，他小心翼翼地將她的衣服穿好，在她額頭落下一吻，內心的想法又確立幾分。
不會再有下次了。

魯國公的案子，最終判決下來了：魯國公一人被判處死刑，其他家人被流放。

對於這個結果，太子黨還是滿意的，畢竟這次沒有硝煙的一仗，他們幾乎可以說是完勝，唯一缺憾是沒能將信王給拉下水，不過斬斷他的後盾也是極好的。

信王發了很大的脾氣，因為之前荒唐的那一次，他並沒有把脾氣發在昭素身上，而是發在府裡下人身上。

待平息怒火後，他唯一能想到的便是反撲。

他眼中寒光畢現。

太子以為他的人就都是乾淨的嗎？

他為太子準備的「禮物」，是時候該派上用場了。

隨後，信王便進了宮。

昭素來老地方與他見面的時候，眼神明顯有些躲避，有些惱地道：「你又來找我做什麼？」

信王舔了舔下唇，問：「本王如何不能找妳？」

昭素怒道：「那天的事，你難道忘記了嗎？」

「本王沒有忘，」他道：「相反地，本王還會負責到底。」

昭素瞪大眼睛。「你要如何負責？」

信王引誘地道：「等本王登上皇位，自然就可以負責了。」

昭素頓時沈默。

是啊，只要登上那至高無上的位置，什麼事還不是由他說了算？

昭素心念一動道：「你若為帝，與我何干？」

「如何無關？」信王眼光灼灼地看向她。「妳是我的女人。」

昭素的心狠狠跳動了下，又說：「那又如何？我的身世不能曝光，否則我就是欺君罔上，死罪難逃。」

信王道：「妳怕這個？等本王稱帝，為妳澄清身分，妳還需要怕什麼？」

如果他說的是真的，那麼她的問題就全部迎刃而解，畢竟她的身分問題始終是個隱患，尤其是沈峭和李姝色已經知道她是假公主了。

她特別害怕，有一天陛下遣人來永壽宮，把她捉住，說她冒用公主身分，罪不可恕。

這樣的夢作多了，讓她一直處在驚懼惶恐中，始終安不下心來。

但是，如果信王之後真的肯護著她，那麼她就不再擔心，也不必再害怕了。

昭素眯了眯眼睛問：「你真的肯幫我？」

「那是自然。」信王上前一步，伸手拉著她的手說：「素素，如今我們是同一條船上的人，我不幫妳，還有誰能幫妳？」

昭素聽了他的話，感受到掌心的溫度，又想到那晚他們的魚水之歡，兩頰染上緋紅道：

「我是信你的，我聽你的便是。」

信王滿意地笑了，一把抱著她說：「本王答應妳的，一定會做到。」

昭素回宮後，又看到宮女遞來一封信，這次的信，張家不再是單純要和她斷絕關係那麼簡單，已經開始威脅要曝光她的身世。

還說什麼大不了玉石俱焚，他們回鍾毓村一起過苦日子便是。

玉石俱焚？他們有什麼資格與她玉石俱焚？只不過是覺得在她這裡沒有臉面，狗急跳牆罷了。

昭素勾唇笑了，吩咐宮女。「給張家送些金銀綢緞去。」

宮女應道：「是。」

這種打點，只是公主的慣例。

昭素展開白紙，提筆寫了一封回信，一來她送東西過去，表明她的求和之意，二來也是為了穩住張家人，在信王登基之前，她的身分還不能曝光。

她已經打定主意，助信王登基，畢竟有些事情已經發生，即使她不願，也是無可奈何。

但是至少信王不會主動說出她的身分，這點對她而言也是有利的。

況且信王如今沒有王妃，他若為帝，她能爬到什麼位置也未可知。

公主的身分比起那個位置，又算得了什麼？

中宮皇后，才是天下所有女人的夢想！

人。

魏忠調查案件的源頭，終於查到撫遠侯府下藥的幕後黑手，於是帶了錦衣衛的人去拿犯

撫遠侯一見到來者是魏忠，客客氣氣地迎了上來。「魏大人，今日怎麼有空來本侯的府中？」

魏忠開門見山。「侯爺，我這次前來，正是為了之前小公子的兩位小娘流產之事，事情的原委我已經調查清楚，這次過來就是為了抓住真凶。」

撫遠侯的臉色瞬間不好看，問：「魏大人莫不是在說笑？真凶怎麼會在侯府裡，不就是已經被捉拿的毒婦李姝色嗎？」

「不是她。」魏忠肯定地道。

「如何不是她？」撫遠侯臉上閃過一絲惱恨。「衣服是她店裡的，還是她親自送過來的，並且她與我兒有過節，這是大家都知道的事，魏大人可千萬不能被小人蒙蔽了。」

魏忠的臉色也冷了下去。「我為陛下辦事，不會輕易被蒙蔽。我今日既然來這裡，自然就是為了給您一個交代。」隨後，他吩咐左右。「去把小公子的夫人給請過來。」

撫遠侯沒有阻攔人去請，又隱隱覺得不對勁。「魏大人，你莫不是懷疑姜芙？」

「侯爺莫急，等一下夫人過來，您就知道是怎麼一回事了。」

撫遠侯臉上瞬間陰沈下去，自姜芙嫁給小兒子的這些年，雖然無有所出，但是做事勤勤

懇懇，他和夫人都看在眼裡。

可若真是姜芙下的狠手，那麼他撫遠侯府迎娶進門的女子，是要害得他兒子斷子絕孫的毒婦嗎？

況且這事還關乎他撫遠侯的名聲，若此事真是姜芙所為，那麼他撫遠侯的名聲怕是要在京城中一落千丈了。

姜芙款款走來，臉色淡然，神態自若，看向魏忠的那刻表情沒有一絲變化地道：「魏大人，您找我？」

隨後跟來的不只小公子，連身子剛剛將養好的兩位小娘也過來了。

他們都聽到消息，錦衣衛的人請夫人過去。不一會兒就傳遍整個撫遠侯府，下人們頓時議論紛紛。

小公子是隨著蓮小娘來的，看到蔣小娘的時候，還關心地問了一句。

這邊，魏忠已經回了姜芙的話。「夫人，兩位小娘的落胎藥究竟是誰下的，您還是如實交代吧。」

眾人聞言，俱是一驚。

第六十九章 真相

當天下午，李姝色就被放出詔獄。

她還不知道發生什麼事，就被人帶著出來，說魏大人已經查清撫遠侯府兩位小娘落胎之事，為她洗刷了罪名。

李姝色還未來得及細問，就看見三道身影，其中一道身影直直地衝了過來，抱住她道：「阿色，恭喜出獄！」

李姝色回抱住葉菁眉，真心笑道：「謝謝。」

比葉菁眉晚了一步的沈峭，有些吃味地看著抱在一起的兩人。

和他一樣吃味的是李琸睿，他還沒有如此這般抱過葉菁眉，就被一個小丫頭搶先。

李姝色和葉菁眉相互擁抱了好一會兒，才戀戀不捨地放開。

葉菁眉道：「走，這鬼地方再也不要來了，姊姊帶妳去吃好料！」

李姝色回頭看了一眼詔獄的大門，心想，要是下次來還是這般待遇的話，她還真不排斥來這裡。

京城有一品鮮，也是王庭鈞家開的，掌櫃的看見他們一行人，像是認識李琸睿和葉菁眉，領著他們前往樓上的雅座。

葉菁眉見李姝色遭此一難，似乎是瘦了兩圈，便點了一桌菜，尤其是風靡京城的火鍋，點了鴛鴦鍋底。

當初，王庭鈞知道他們夫妻倆來京城後，曾派人拿辣椒給她看，確認是此物後，京城火鍋銷路從此就增加一倍。

等上菜的空檔，李姝色好奇地問沈峭。「夫君，究竟是何人幹的這件事？為何又要陷害我？」

「是張四的夫人，」他回。「想必陷害妳，是撫遠侯的授意。」

之後，沈峭將事情說給她聽了。

魏大人說她謀害小娘腹中之子的罪名，姜芙自然是不肯認的。

然而，魏大人也不急，徐徐地把事情說清楚：姜芙什麼時候詢問了落胎藥，又是如何讓手底下的人秘密採買，何時帶兩位小娘去雲裳成衣店，如何在李姝色送來的衣服下藥……事無鉅細都查清楚了。

隨後，又傳人證與物證，還有畫押證供，姜芙見再無半分可抵賴，渾身洩氣般地道：

「大人查得可真是仔細。」

這相當於是默認了。

於是兩位小娘當場就激動起來，差點撲到她身上，被下人一把攔住了。

但是沒人攔得住小公子，他上前一巴掌甩在姜芙的臉上，大罵了聲。「賤人！枉我如此信任妳，還讓蔣兒在妳房裡養胎！」

姜芙伸手摸著滾燙的半張臉，突然冷笑一聲道：「信任？張四，你當真察覺不出我有多恨你嗎？」

小公子神情一愣，不敢相信地問：「妳在胡說什麼？」

「你對我做過的事，你心裡清楚，我就是要讓你斷子絕孫，讓你這輩子都無後！」姜芙突然目露凶光，厲聲喊道。

小公子的另一巴掌就要落下來，卻被魏忠叫住。「小公子，你且等等，讓她把話說清楚。」

姜芙不再看張四一眼，好似看一眼都嫌晦氣般地轉過頭道：「大人，您剛剛有一點說錯了，我不是為了穩固自己的地位，嫉妒兩位小娘有孕，才害死她們孩子的。其實我就是想讓張四也嚐嚐痛失孩子的滋味！

「魏大人，當初說親的時候，張四不顧我與傅家二郎有婚約，聽見我拒絕他的上門求親，便惱羞成怒，在我出門之時將我打暈後，強占了我，還以此事要脅我爹娘，我爹娘無奈，只能將我嫁給他。

「殊不知那個時候，我與二郎早就情定終生，若不是因為這件事，我們早就成親，白頭到老。在成親前幾日，我發現自己有孕，爹娘知道此事，不敢聲張，害怕我的孕期被外人察覺有疑，辱沒我姜家門楣，便給了我一帖落胎藥，我的孩子就這麼沒了……」

小公子瞪大眼睛。「什麼？」

姜芙依舊不看他，繼續說：「本來，我和張四訂親，已經惹來非議，若是未婚先孕，奉子成婚，那麼我家中姊妹恐怕都不能嫁到好人家。若是張四的名聲好就罷了，偏偏如此惡劣，為了家中姊妹考慮，我只能接受落胎的提議。」

說著，姜芙閉上眼睛，兩行清淚落下，啞聲道：「我也不是可憐那孩子，就是覺得從那天開始，我的身體就壞掉了，我是個被命運拋棄的人，這輩子都不可能再好起來了。但是……二郎！」

她倏地睜開眼睛，眼睛怨毒地看向張四，怒道：「你以為你做的那些事真的沒人知道嗎？二郎擅長騎術，怎麼可能會從馬上摔下來，被馬踐踏而死？是你，是你聽信讒言，以為我在外面有情郎，在他的馬上動了手腳，這才導致馬兒瘋癲，將他活活踩死！」

聽了她的話，眾人才明白，這個女人身上究竟經歷了什麼。

一時之間，都不知道該可憐這個女人，還是該罵這個女人。

姜芙面對大家各色的目光，抹了一把眼角的淚水說：「你害死我的二郎，我讓你斷子絕孫，這很公平不是嗎？」

小公子許是想到了什麼，大驚失色地道：「快！快去叫大夫！」

「哈哈哈……」姜芙如釋重負地笑道：「已經晚了！張四，你天天喝的不是什麼補藥，而是讓你不能生育的藥！你這輩子都別想要孩子了！」

她在他身邊，不是沒有動過下毒害死他的念頭，但是比起死亡，讓他生不如死地活著，才是對他最大的懲罰。

她這話一出，在場所有人都用詫異的眼神看著小公子。

小公子看到眾人的視線，再也控制不住，驚叫出聲。「妳這毒婦！快把她拉出去打死！打死她！」

然而，自然不會如小公子的願，姜芙被魏大人給帶走了。

李姝色聽到這裡，語氣詫異。「即使這事是姜芙幹的，為什麼會栽贓到我頭上？」

「姜芙這事做得隱秘，況且撫遠侯想懷疑人，不會懷疑到她頭上，所以他一邊查這件事，一邊因藥是下在妳送的衣服上，便順勢拉妳下水。」沈峭解釋道。

葉菁眉也說：「說白了，就是看你們夫妻不爽，拉你們給他死去的孫子做墊背。」

原來如此，這種無端牽連真的是可惡至極，她還因此挨了一頓鞭子！

李姝色咬牙道：「真是可惡，子不教、父之過，說到底還是張四罪孽深重，撫遠侯若是管好自己的兒子，這件悲劇也就不會發生！」

李琸睿輕哼了聲。「阿色說得是，說到底是他撫遠侯的孽，只不過撫遠侯造孽太多，要想清算還得徐徐圖之。」

李姝色知道撫遠侯府的下場，也知道撫遠侯蹦躂不了多長時間，便贊同地點了點頭。

雖然在詔獄伙食也不算差，但哪裡比得上與朋友一道吃火鍋，來得熱鬧、有滋味？

李姝色身上有傷，不能沾酒，所以就看著他們喝，自己顧著吃菜。

沈峭的眼神時不時瞥向她，像是怎麼看都看不夠般，大手還在桌子底下悄悄握住她的手，李姝色通紅著臉掙開兩次沒能掙開，便隨他去了。

吃得正酣的時候，突然門被人敲響，走進來一道熟悉的身影，語氣有著戲謔和急迫。

「外面出了這麼大的事，你們居然還有心情在這兒吃火鍋？」

說了一句話後，世子很機靈地坐下，讓人重新準備一副筷子。他也不是什麼矯情的人，況且在座都是認識的人，就不客氣了。

李琸睿知道他既然這麼說，肯定不是什麼小事，問道：「發生什麼事了？」

「太子的妻舅被人狀告十大罪，剛剛陛下發了好大的脾氣，還一併罰太子禁足了。」世子語氣略顯沈重。

李姝色眉間一動。

太子恐怕……危矣。

這是誰的手筆，大家一眼就能夠看出來，先前魯國公的事，信王就認為是太子幹的，那麼太子這次出事，必定是信王出手無疑。

李姝色心道，這才剛開始，太子的事沒有這麼簡單，而這沈浮爭鬥中，最後勝利的既不是太子，也不是信王，而是眼前的睿王。

李姝色不著痕跡地看了眼李琸睿，想來他已經做好奔赴這奪嫡戰場的準備了。

陛下子嗣不豐，風頭正盛的無非就是太子和信王，如今太子的妻舅出事，大家也聞出了點不尋常的味道，這天怕是要變了。

這頓火鍋終究沒能夠好好吃完，他們一群人還有正事要辦，李琸睿便安排人將李姝色送回雲裳成衣店。

沈峭握住她的手，低頭在她耳邊輕聲道：「在家乖乖等我回家。」

李姝色「嗯」了聲。「我等你。」

在原著中，沈峭是憑著與撫遠侯的關係，又在他垮臺後，才爬到那個位置。不知這一世，他會爬到什麼位置，予天下百姓什麼樣的福澤？

她有些期待。

大的變動也是大的機遇，想來，他會抓住的。

沈峭晚上回家的時候，李姝色已經快要睡著了，但是聽見他回來的動靜，還是起了身，披著衣服，讓下人幫他熱飯菜。

沈峭摸著她的手問：「還沒有睡？」

李姝色搖頭。「睡不著，總是感覺有些心裡不安。」

沈峭知道她的心思，再怎麼說，她都是公主，無論是家事，還是國事，她總是要操心幾分的。

沈峭拉著她坐下，對她說：「如今看來，陛下是動了大怒，而且這十大罪裡面，有不少和太子扯上關係。」

李姝色知道太子就是個草包，有些事他不一定敢做，但是架不住他在那個位置，有人打著他的名義去做那些傷天害理的事。

如今信王既然出手，自然是要打得他連翻身的餘地都沒有。

否則，陛下也不會將太子禁足了。

李姝色試探地問：「這件事睿王有沒有插手？」

沈峭回答。「據我觀察，他應該是知道信王會朝太子下手，但是何時下手，如何下手，他也不知情，更不會插手。」

也是，坐山觀虎鬥，是李琸睿的本事。

李姝色道：「如今想來，這一切源頭竟是與我脫不了關係。」

若不是她被關在大理寺，那麼李琸睿就不會將魯國公的罪證交到太子手裡，太子也就不會主動發難，導致信王極力反撲，讓太子被禁足。

雖然沒有她，這一切也都會發生。畢竟皇帝還在壯年，但是幾個孩子都已經大了，況且太子連兒子都有了，信王肯定急在心裡，害怕皇帝若真有一天出了點意外，這把龍椅就交到太子手上。

或者，哪天皇帝一高興，封了太子的兒子為皇太子，這樣他的多年籌謀也終將落空。所以，信王對太子動手，是遲早的事，只不過因著李姝色的事提前罷了。

沈峭卻道：「與妳無關，這一切的發生是遲早的事，妳的事正好是個契機罷了。」

李姝色明白他的意思，將頭埋在他的胸膛，語氣悶悶地道：「我只希望你為官平平安安，他們爭他們的，你不被牽連就好。」

沈峭順著她的頭髮摸了摸，轉移話題地說：「我最近似乎發現了老五的蹤跡，阿色妳要小心些，出門要多帶些人。」

李姝色抬頭，眼睛掠過一抹驚喜。「真的嗎？夫君，老五又出現了？」

「嗯，」沈峭一直沒有放棄尋找老五的下落，畢竟是仇人，他肯定地道：「不出三天，我就能將他抓住。」

李姝色眼中閃著亮光道：「太好了！抓住他給爹娘報仇！」

提到爹娘，沈峭問：「阿色，妳打算何時與陛下、貴妃相認？」

提到相認，李姝色就洩了氣。「順其自然吧，我手裡沒有玉珮，暫時也無法和他們相認。」

古代沒有親子鑒定，在現代就簡單多了，直接做親子鑒定，就清楚他們是不是親子關係。

李姝色可不想相認不成，被昭素反咬一口，說她詆毀她，企圖攀附皇室。她瞭解昭素為人，這是她能幹出來的事，所以沒有十足把握，她是不能貿然相認的。

沈峭看出她眼底的擔憂道：「其實，捉住張二叔和張二嬸，讓他們交代玉珮的真相，也能還妳身分。」

李姝色想了下，說：「他們是不可能捨得放棄榮華富貴的，就害怕他們怎麼也不肯招，或是假意招認，到時候在陛下面前再反咬一口，我們就難辦了。」

說來說去，就是時機還未成熟，等到時機成熟，一切自然水到渠成。

沈峭明白她的意思，便道：「阿色妳別急，那天很快就會來臨。」

李姝色點點頭。「我也是這麼想的。」

第七十章 談心

永壽宮。

貴妃得知李姝色已經被放出詔獄的消息，片刻都等不了地想要出宮見她一面。

花嬤嬤好說歹說地勸住她，認為天色太晚，明日再去也不遲。

貴妃這才歇了心思，掰著手指頭數著時間等天明。

身旁的皇帝自然是察覺到她的輾轉反側，摟著她的腰問：「睡不著嗎？」

「嗯，」貴妃道：「明日臣妾要出宮去看看阿色那孩子，不知道她怎麼樣了，所以有些睡不著。」

「阿色？」皇帝想了想。「妳說的是狀元夫人，李姝色？」

「是啊，」貴妃乘機說：「陛下，您都不知道，阿色那孩子有多冤枉，差點就死在大理寺了！」

雖然事情已經由錦衣衛辦理，不過這種小事，想來魏忠不一定會稟告給陛下，但是他不說，貴妃得說，他們的小公主受了多大的委屈，等之後真相大白，陛下才會越發痛恨撫遠侯與皇后。

打定了主意，聽見陛下問出了何事，貴妃便添油加醋地將事情給說了。「撫遠侯家的小公子這些年是越來越不像話，欺男霸女的事沒少幹過，臣妾看這一切的罪惡源頭就是他，還把無辜的阿色給拉下水，白白挨了一頓鞭子，人家小姑娘看著瘦瘦小小的，臣妾心裡怎麼想都不是滋味。」

所謂枕邊風，就是要吹到恰到好處。

皇帝聞言，黑暗中他皺起眉頭，聲音低沈。「那張四當真是荒唐至極。」

哪裡是荒唐，簡直就是十惡不赦，貴妃心道。

吹完了枕邊風，貴妃心滿意足地睡去了。

她不知道的是，自己這番話已經在皇帝心中留下印記，在將來的某一天就會起到作用。

第二天，貴妃興奮得沒有起晚，送走皇帝上早朝後，換了便裝，上了出宮的馬車。

馬車上，貴妃絞著手裡的帕子，心裡有些忐忑地道：「嬤嬤，妳說待會兒見到小公主，本宮要怎麼開口？」

上次去見小公主沒有碰到面，這次肯定能見到面，就是不知道該怎麼開口。

花嬤嬤道：「娘娘，您別急，許是見到小公主的那刻，自然而然就說上話了。」

貴妃聞言，心中還是忐忑，就這麼焦慮了一路，終於馬車停在雲裳成衣店門前，她由花嬤嬤攙扶下車。

上次因著阿色出事，她沒有來得及好好逛逛這店，如今看來，卻是門庭若市，人來人往，好不熱鬧。

花嬤嬤也在感慨。「小公主開的店，生意可真是好。」

是啊，這就是本宮的女兒，哪怕沒有公主身分，她也是比一般人要強，哪怕是開店，也是西街最熱鬧的店。

貴妃進門後，小玉一眼就認出這是上次來的貴婦，只不過上次貴婦聽到夫人被抓的消息後，急忙轉身就走了，還以為是對店裡的衣服不滿意，沒想到今日又過來了。

小玉嘴角噙著笑意上前道：「夫人，歡迎來到雲裳，不知道您想要買什麼樣的衣服？」

貴妃直接開口問：「我想見見妳們夫人，就說我曾經給過她一根玉簪，她應該就會來見我。」

聽她的語氣，小玉明白過來，她定是和夫人相識，連忙將人引上二樓後，便去後院找李姝色。

李姝色聞言，聽到「玉簪」兩個字，立馬將來人和貴妃聯繫上，二話不說就扔下手裡的帳本，往店鋪跑去，走了兩步又回頭，在小玉不解的眼神中，將貴妃賜的玉簪翻出來，簪在頭上，又仔細瞧了瞧渾身上下沒有不妥之處，才施施然往店鋪走去。

小玉心想，這位貴婦肯定是頂重要的人，否則夫人不會這麼在意自己的頭飾打扮。

李姝色上了二樓，貴妃彷彿心有靈犀般抬眸看見了她，兩廂對望，竟是靜默瞬間。

還是李姝色先開口，彎下身子就要行禮。「貴妃娘娘萬安。」

還未等她身子彎下去，貴妃就拉住她的手說：「免禮，這裡是外面，妳叫我榮姨便好。」

李姝色笑道：「是，榮姨。」

兩雙相似的眼睛一對上，兩人俱是一震，貴妃差點沒有抑制住自己的情緒，想要將李姝色拉到懷裡，好好擁抱一番。

還是花嬤嬤開了口。「這店裡的衣服，我家夫人很是滿意，所以今日特地前來挑選。」

李姝色道：「這些衣服能夠得到榮姨的喜歡，便是它們的榮幸，若是榮姨看中了什麼衣服，我送與榮姨可好？」

貴妃笑道：「我怎麼好白拿妳的衣服？剛才在等妳來的時候，我挑選了幾件，已經讓人打包了。」

李姝色看到她剛剛待的桌子上，還放著衣服畫冊，大概是真看中上面的衣服，選了合適的尺寸，便直接買下了。

兩個人說著話，就坐了下來。

貴妃合上冊子，眼神落在她身上，彷彿怎麼看她都看不夠般，明明是來買衣服的，但是李姝色本人卻比衣服更吸引她。

貴妃眼眸溫柔地道：「阿色，聽說妳前幾日遭了罪，還進了大理寺和詔獄，瞧妳人都瘦了一圈，榮姨看著真是心疼。」

這西街誰不知道她被大理寺帶走的消息，一來她是狀元夫人，二來她的店在西街又是最有名氣，所以大家就對她格外關注。卻沒想到，貴妃居然也知道這個消息。

李姝色回道：「的確是無端遭了難，不過好在魏大人明察秋毫，還了我的清白，今日我才能和榮姨這般坐下閒聊。」

「魏忠也是無用，這麼小的案子，居然查了這麼多天，害妳在牢裡又多待了幾天。」貴妃忍不住抱怨了句。

這話，貴妃抱怨得了，但李姝色卻不敢接話，她其實打心裡還是感謝魏忠的，至少他沒有像大理寺卿那般為難她，讓人照顧她幾日便把她給放了。

花嬤嬤咳嗽了聲，示意貴妃不要在小公主面前瞎說，哪知貴妃根本沒有聽懂她的暗示，又繼續惱道：「還有那大理寺卿，居然濫用私刑，實在是可惡至極！」

貴妃此話一出，李姝色就詫異了。

這種小事，貴妃是怎麼會關注的？

她應該沒有閒到關注只見過一面的女子，在牢獄裡的瑣事吧？

李姝色算是看出來了，貴妃似乎很關注她，也很清楚在她身上發生了什麼事。

若是旁人對她知道得事無鉅細，她可能心裡就不快了，但是貴妃不會，只會讓她感覺心裡暖暖的，但是她還是好奇地問：「榮姨，您是怎麼知道這些事的？」

貴妃這才意識到，不小心透露太多事，讓阿色起了疑心，她索性不隱瞞了，直接說：

「說來妳不信，自從第一次見妳，我就感覺有股莫名的熟悉感，這種感覺在旁人身上從來沒有過，就好似妳才是我的閨女般。」
難道這就是傳說中的母女連心嗎？
李姝色也道：「這種感覺，我也有。當初在鍾毓村的時候，雖是頭一次見您，卻感覺異常親切。」
貴妃聞言，立即眼睛一亮，興奮得都不知道要說什麼話了。「真的嗎？妳也有這種感覺嗎？」
李姝色誠實地點了點頭。
她懷疑貴妃似乎已經把她認出來了，而且是在第一次見面的時候。
貴妃的心跳個不停，瞬間眼眶紅了，握著李姝色的手說：「今日高興，不如我請妳吃飯如何？」
雖然沈峭再三叮囑她不要出門，害怕老五會像上次那般在路上刺殺她。
但是李姝色高興，貴妃不常出宮，能見面的次數又少，想著能與她吃一頓、是一頓，便沒有推辭地道：「好，謝榮姨。」
兩個人相攙著下樓，貴妃道：「我既然已經知道妳在獄中的處境，就定會為妳作主，不會讓妳白白挨了這頓打。」
李姝色聞言，不矯情地點頭。
這就是娘給撐腰的感覺嗎？

感覺還真不錯，彷彿前面有人遮風擋雨，若是受了委屈，還有人作主討回公道。貴妃還真是這麼想的，她的金枝玉葉怎麼能夠任由那個老匹夫給打了？這老匹夫現下不動他，不代表之後不動，她自然要找時機將小公主受的傷全部還回去。

雖然知道她的傷已經養得差不多，貴妃還是不放心地問了句。「身上的傷可好多了？有沒有祛疤的藥？本來我也安排人要在大理寺照應妳，沒承想大理寺卿下手太快，我的人都沒能夠反應過來，是我不好，害妳受苦了。」

大理寺由大理寺卿說了算，他想動一個人，除非她親自出面，否則派誰去都不管用。而她，沒有理由去，即使之後知道想要跑到大理寺，刑罰已過，也已經晚了。

李姝色聞言，沒想到貴妃這麼關心自己，寬慰她道：「不過是一頓鞭子，我還能受得住。想必之後在詔獄，魏大人對我的照顧，是您的授意吧。」

她就覺得魏大人對她的態度很奇怪，還以為是李琸睿的緣故，卻沒想到還有貴妃的緣故。

若是被人發覺他與李琸睿來往過密，想必對兩個人都不利，所以李琸睿提，他也只會充耳不聞。但是貴妃就不一樣了，貴妃乃是寵妃，膝下無子，他照顧她，不用害怕被人編排勾結皇子，還能賣貴妃一個面子，何樂而不為？

貴妃發現她的小公主真是心思敏捷一下子就猜了出來，便不隱瞞地說：「是啊，在大理寺沒能保住妳，在詔獄我肯定是要好好保護妳的，否則榮婕這些年不是白活了嗎？」

李姝色承蒙貴妃關照，如今還未相認，所以該有的禮節不能少，她由衷開口。「謝榮姨。」

「傻孩子，有什麼好謝的。」貴妃心疼地拍了拍她的手背。

上了貴妃的馬車後，馬車便朝著一品鮮駛去。

昭素的信中有一條暫時安撫住了張家人，信中是這麼說的，雖然現在還不能動沈峭，畢竟他是風頭正盛的狀元，現在又是翰林院修撰，謀害朝廷命官可是不小的罪名，但是動不了沈峭，不代表動不了別人。

她派了老五除掉李姝色。

一來，李姝色的身分始終是個隱患；二來，沈峭殺了三哥，讓他們飽受失去親人的痛苦，她也要讓他嚐嚐失去愛人的滋味。

所以，李姝色必須除掉。

張家人看了信中的話，覺得有道理，既然暫時除不掉沈峭，除掉李姝色也是好的，至少能夠讓沈峭痛徹心腑。

老五之前一直被昭素養在別院裡休養生息，如今接到命令，可以除掉李姝色，自然是欣然答應。

昭素安排老五做這件事有兩個用意，一來，老五本就與沈家有仇；二來即使事敗，也不會查到她頭上，畢竟老五是當初逃跑的盜匪，怎麼也不會跟她這個公主扯上關係，她大可以到時候撇得乾乾淨淨。

於是，李姝色和貴妃坐在馬車上奔向一品鮮的時候。

突然，馬車停了下來，車伕揚聲朝著站在路中央的人喊道：「看清楚這是什麼馬車！還不快快讓開！」

馬車裡的李姝色感覺有些奇怪，便撩開車簾，待看到老五的臉時，臉色頓時變得凝重。她沒想到，光天化日之下，他居然真的敢當街攔截殺人，比上次小巷殺人，膽子又大了許多。

貴妃好奇地伸頭過來往外看。「怎麼了，他是誰？」

李姝色無意將貴妃牽扯進來，道：「榮姨，今日這飯恐怕是吃不成了，這人與我有仇，武功還很不錯，我害怕連累您，就先下車，我們下次再聚。」說完，作勢便要下車。

然而，就在她剛要起身的那刻，手腕被人握住，聽到貴妃在她耳邊說：「妳說，他是妳的仇人？」

李姝色點點頭。「血海深仇。」

貴妃的眼睛瞇了瞇，道：「暗影，捉住他，生死不論！」

「是。」

車伕答完，不知道從哪兒抽出一把劍，筆直地從車頭飛身過去。

皇帝怎麼可能放心貴妃一個人出宮呢？她身邊雖然只帶了個花嬤嬤，但是皇帝卻將自己的暗衛派給她做車伕，目的就是為了保護她。

貴妃咬牙道：「與妳有仇，就是與我有仇，我非扒了他的皮不可！」

李姝色沒有做聲，貴妃娘娘生起氣來，還真的與平時不同，什麼魏忠無用，什麼扒了他的皮，這樣的氣話說得跟真的似的，她知道，真也可以當作是真，畢竟她可是貴妃啊。

老五雖然武功不錯，但畢竟與暗衛不是一個級別的，不過對打十幾招下來，就有些招架不住，後面的招式更是漏洞百出，暗影手法快狠準，一下子就擒住老五，將他的手臂折在身後，押到貴妃車前。

貴妃看著李姝色，溫聲道：「要怎麼處置，妳說了算。」

李姝色看了老五一眼，說：「榮姨，我們還要去吃飯，就不要看血腥畫面，以免倒胃口。不如就把他綁了，送到我的店裡，我還要問問夫君的意見。」

「也好。」貴妃道：「不能因為這種人，害得我們失了胃口。」

於是，憑空出現一道黑影，接過暗影手中的老五，直接綁了送往雲裳成衣店。

暗影則收起劍，繼續駕起馬車，一點都沒將這點小插曲放在心上。

第七十一章　報仇

與貴妃吃完飯後，兩個人便分別。

貴妃其實不捨與她分離，但是再不回去，時間就晚了，花嬤嬤也在她耳邊催促了兩遍。

李姝色心裡也是不捨地與貴妃說：「榮姨，下次您出宮，記得來店裡找我，只要您來，我就陪您。」

乖孩子。

貴妃心裡很是欣慰。其實這趟出門已經大大出乎她的意料，原以為阿色會對她生疏，沒想到居然與她這般親近，她們兩個之間好像就差捅破那窗戶紙，然後像真正母女般相處。

貴妃也是鄭重點頭，心中已經開始盤算下次再見面的時候，雖然出宮不易，但是多跟陛下撒嬌，還是能多得幾次機會的。

看著貴妃的馬車離開，李姝色直接回店裡，進門就問起老五關押的地方。

小玉告訴她，老五被關在柴房裡，由小廝看守著。

李姝色面色凝重地來到柴房前，深吸一口氣打開門，就看到老五怒視的眼神。

他的嘴巴沒有被捂住，但是為了男人的尊嚴，他不能大喊大叫，失了男子氣概，所以他情願就這麼被綁住，也不會開口求饒。

李姝色面對他的眼神，毫無懼色地走到他跟前，開口道：「是你殺死了我爹娘？」

老五冷哼。「沈峭殺了我四個兄弟，我讓妳一家四口償命，一命抵一命！」

李姝色的眸光徹底冷了下去。「殺你兄弟的是魏大人，你不去找魏大人復仇，卻來找沈家一家人，說到底就是欺軟怕硬，欺負我沈家罷了。況且，你們兄弟幾個是盜匪，又做過什麼好事？殺人擄掠，無惡不作，哪個人身上不揹負人命官司？而我爹娘他們何其無辜，他們一輩子待在鍾毓村，與人為善，不曾作惡，卻無端做了你的刀下亡魂。你說償命？你一條賤命，如何能償還我爹娘的命！」

老五抿了下唇，冷哼了聲，不置可否。

「本來想一刀殺了你，這樣太不解恨了，像你這樣的人，就應該遊街，被所有人吐唾沫、扔雞蛋，然後斬首示眾，屍體就扔在亂葬崗，遭野狗啃食，屍骨無存！」

那些被砍頭的犯人，若是有親人收屍便也罷了，可是老五在這世上沒有一個親人，所以他的下場就如李姝色所說，葬身狗腹。

老五知道這裡面的利害關係，狠狠地唾罵了句。「賤婦！」

李姝色不再與他廢話，轉身便離開。

等沈峭傍晚回來的時候，李姝色把如何捉住老五的事與他說了。

沈峭連官服都沒來得及換下，直直地奔向柴房。

隨後，裡面便傳來拳頭打擊的聲音，李姝色便停住腳步，沒有進去。

殺父、殺母之仇，任何人都不能和沈峭感同身受。

他的恨意壓制得太久，是要發洩出來才是。

等了好一會兒，沈峭才打開柴門，李姝色注意到他的手背有些紅痕，想必是打老五時，不小心傷了自己。

她有些心疼地拉起他的手，道：「疼嗎？」

話音剛落，她的身子就被他一把擁住，他的下巴擱在她的肩膀上，沙啞道：「阿色，老五終於捉住了。」

他的話讓她心疼，她拍了拍他的後背道：「是啊，總算能給爹娘一個交代。」

沈峭與她的想法一致，老五這樣的人就應該被斬首示眾，遭萬人唾罵，於是他親自將人送到了錦衣衛。

畢竟，當初良州剿匪之事就是由魏忠辦的，如今捉到老五，才算是真正了結這樁事。

魏忠看到逃跑的老五被捉住，對眼前這個狀元郎又高看了眼，沒想到還真的讓他給捉住了。

聽到沈峭將事情經過說了後，魏忠有些詫異，他當初將尋找老五的下落交給州牧，隨後回京述職，卻沒想到居然釀成了沈家的禍端，沈家二老居然因老五喪了命！

魏忠嘆道：「若是本官當時能多留幾日，想必這件事就不會發生了。」

「老五是鐵了心要來我家報仇，您若是不回京，他也不敢貿然現身。您也不能一直守在良州不是？」沈峭道。

魏忠聞言，伸手拍了拍他的肩膀，道：「放心吧，把人交給我，我會給沈家、給良州百姓一個交代。」

沈峭拱手謝過。

李姝色等到深夜，才等到沈峭回家，迫不及待地迎上去。

事情果真如她所言，魏大人會好好地審老五，給他們和良州百姓一個交代。

如今，他們的仇人裡，張二寶在寶松縣牢獄裡，張三寶被撫遠侯殺害，老五被捉住，現下用手指頭數數，參與當初那件事的人就剩下張二叔。

其實也不必急，等張素素的身分曝光，他們張家就吃不了、兜著走。

李姝色心想，只需要等一個契機扳倒張素素就行。

「夫君，今日貴妃來看我，對我異常親切，我懷疑她似乎是察覺到了什麼。」

沈峭今日勞累了一天，回來後，李姝色就準備了熱水，讓他泡澡解除身上疲倦。

她拿著白色帕子幫他擦手臂，分析今日貴妃有些奇怪的舉動。

沈峭合眸，聲音有些慵懶。「妳與貴妃越長越像，又是鍾毓村人。貴妃聰慧，肯定會有所察覺。」

李姝色道：「我一直在等貴妃問我是不是她的女兒，她若問了，我一定會回答說是，但她偏偏沒有問。」

母女兩個好生奇怪，彼此知道彼此的身分，但是彼此卻不知道彼此知道這件事，所以誰也不會先開這個口，就怕另一方胡思亂想。

李姝色是因為沒有證據，害怕貴妃以為她是憑著自己一張臉，企圖攀附皇室。

貴妃是覺得時機還未成熟，也認為貿然相認會嚇到李姝色，害怕她不認自己這個娘。

總之，今天誰也沒有邁出第一步。

沈峭道：「如今時局動盪，現在妳與貴妃相認，怕不是個好時機。」

李姝色疑惑。「為何這麼說？」

「太子的事，遠比外界傳得更嚴重，陛下估計動了廢太子的心思。」沈峭語氣深沈。

李姝色心道，恐怕不僅僅是廢了太子這麼簡單，太子能不能活下去還是個問題。

她想到原著裡的劇情，一邊想、一邊漫無目的地擦，隨後帕子順著他的胸膛往下，被他伸手一把捉住。

李姝色從思緒中回過神來，驚問。「夫君，怎麼了？」

「娘子可沐浴過？」他反問。

李姝色點頭。「嗯。」

「好。」他的語氣帶著三分愉悅，隨後接過她手裡的帕子，像是不滿足於她的細緻擦身，快速將自己全身擦洗了遍。

在李姝色還沒有反應過來的時候，他已經穿好外衣，從浴桶裡出來了。

李姝色驚訝地看著他逐步靠近，在她不解的眼神下，他打橫將她抱起，她驚問。「夫君，這是幹麼？」

沈峭只回了兩個字。「睡覺。」

之前雖然躺在一張床上，卻是蓋著被子純聊天，啥也沒有幹，但是顯然這次，他並不想什麼都不幹。

床幔放下，沈峭伸手細緻描繪她的眉，眼神熱切，李姝色有些不好意思地開口。「夫君，要不把燭火滅了吧。」

他一口拒絕。「不用。」

李姝色更加不好意思了。「為何？」

沈峭坦言。「我要好好看妳。」

李姝色有些嬌羞地躲著。「不成，我身上的疤還沒有好……」

其實今日貴妃也帶了藥給她，說是宮裡御用的藥，對祛疤有奇效。

李姝色照單全收，只要沾上祛疤兩個字，她都樂意試用。

沒承想，沈峭看著她身上的疤痕，竟虔誠地低頭吻了上去。「阿色是最美的。」

今日早朝，有御史參了太子一本，太子本就被禁足中，皇帝發了大怒，命令徹查，太子處境儼然雪上加霜。

貪污受賄，強占良田，以權謀私，這幾項罪名，太子抵賴不得，從他的行事作風上都有跡可循。

而此起彼伏，這幾日太子眼看勢微，那邊信王府門庭若市，投帖拜訪之人絡繹不絕，一時間風頭無二。

但皇帝的態度還是有些奇怪，太子的案子沒有交到信王手中，而是交到睿王手中。

誰都知道，睿王是皇后的養子，他去查與信王去查別無二致，所以太子再也沒有起復的可能。

下朝後，信王叫住睿王，待至無人出，信王道：「老三，父皇將太子的案子交到你手中，你可知這是何意？」

睿王回道：「父皇自然是希望我調查清楚，無論太子是否清白。」

「你這是什麼意思？」信王的臉色沈了沈。「人證、物證俱在，難道還有人陷害太子不成？」

睿王抿唇沒有說話。

信王的臉色緩和了些，又道：「父皇讓你調查案子，案子本身不重要，重要的是皇家臉面，你懂二哥的意思嗎？」

句。

睿王眼中露出疑惑之色，信王朝四周看了看，見四下無人，便小聲在睿王的耳邊低語幾

朝廷局勢緊張，連李姝色這個局外人都看得出來，沈峭每次晚上回來的時候都面露疲色，還會將情勢分析給她聽。

她萬萬沒有想到，現在劍拔弩張的形勢，導火線居然是她的案子。

正因為睿王想要拖著大理寺卿的步伐，所以就向太子送去魯國公犯案的證據，而太子也不負所托，成功地拉下魯國公。

信王見魯國公倒臺，自然不肯善罷甘休，將手頭收集很多年的證據全部拿出來，勢必要將太子從儲位拉下來。

而且這次信王的出擊不是小打小鬧，而是實打實地敲在皇帝的逆鱗上，樁樁件件都犯在皇帝的忌諱上，若太子不是太子，恐怕早就拉出去砍頭，哪裡還能夠好好地待在太子府？

李姝色有些忘了，原著中太子和信王具體的爭鬥是如何開始的，但應該不是由她開始。

她挾了紅燒肉放在沈峭碗中，咬著筷子糾結地問：「陛下會廢了太子嗎？」

她雖然知道原著中太子被廢的時間，但是蝴蝶效應導致這個時間點可能提前，所以李姝色那天才會那樣想，覺得太子不僅是被廢那麼簡單，可能還會提前沒命。

沈峭有所保留地回道：「陛下這次很是生氣，可能也是失望吧，已經摔了好幾個茶

盞。」

李姝色眼露擔憂。「哦，伴君如伴虎，他不知道你是他女婿，你可得小心當差。」

沈峭明白她的意思，回道：「娘子放心，為夫心裡有數。」

御花園。

一番雲雨過後，昭素有些疲憊地躺在信王懷中。

許是看到太子被廢的希望，又有著偷情的刺激，所以信王興致很高，昭素有些吃不消地躺在他懷裡。

信王摟著她的肩膀，在她額頭落下一吻，哄著她說：「明日妳去跟陛下說，想要去太子府看看太子如何？」

昭素面上一驚。「陛下有令，誰也不能靠近太子，你怎麼讓我主動去見太子？」

信王好聲好氣地哄道：「太子畢竟是妳的哥哥，妳去看他無可厚非，況且現在整個皇宮，只有妳去看他，才不會被人起疑。」

昭素不解。「為何這麼說？」

信王給她分析。「一來，妳去看他，在陛下面前彰顯兄妹情深；二來，貴妃就只有妳一個女兒，妳沒有同胞兄弟，只有妳去，父皇才放心，才覺得妳是真心為了皇兄著想，而不是為了其他。」

昭素聽明白了，神情懨懨地道：「不去，我跟太子又不熟。」

信王眼底閃過一絲暗光。「乖，妳去是有任務的，現在雖然太子被禁足，但是父皇終究沒有把他的太子位廢了，妳去看看太子在想什麼法子自救，我們也好有相應的措施。」

昭素聽他這麼說，才勉強答應道：「好吧。」

昭素求見皇帝，在養心殿待了一會兒，才面帶笑容地走了出來。

果然如信王所說，皇帝聽到她要去見太子，只會覺得他們兄妹情深，不會疑作他想。

但是，信王就真的只是讓她盯著太子這麼簡單嗎？

怎麼有股不安的感覺？

昭素壓下這種思緒，去了太子府。

太子府由重兵把守，她亮出身分，又有皇帝口諭，才能夠進去，否則一般人還真的進不來。

到了門前，宮人剛為她打開門，就聽到裡面一聲暴喝。「滾！」

昭素皺起眉頭，進門後差點被散落在地的空酒瓶絆倒，最後是在酒瓶堆裡看到太子。

她叫了聲。「皇兄？」

太子緩緩睜開眼睛，看到是她之後，冷哼了聲。「妳來做什麼？妳不會也是來看我笑話的吧？」

昭素回答。「不是，是父皇讓我來的，讓我來看看你。」

聽到「父皇」兩個字，太子神情驟變，隨後費力地撐起身子，走到昭素面前，酒氣熏天地問：「父皇跟妳說什麼了？父皇還是信任我的是不是？妳有沒有跟他說，我是被冤枉的？」

昭素心道，就這麼頹廢的一個人，信王居然還讓她盯著他，實在是可笑。

她按捺住心思說：「不是，父皇讓我來看看你怎麼樣了。」

太子的心一下子冷下去，嗤笑。「那妳回去告訴他，我還沒死，還活得好好地，我不會死了如老二的願！只要我一天沒被廢，我就還是太子！」說完後，便繼續倒回去，抱著酒瓶喝了起來。

昭素有些無語地看著他，只知道喝酒的蠢貨，哪裡會是信王的對手？

一連幾日，昭素都來太子府看太子，和太子府的人也逐漸熟悉起來，其中太子的嫡長子，她就見過兩面，可愛的小傢伙每次看到她，都嘴甜地叫著姑姑。

昭素去太子府的事，沒有刻意瞞著，所以貴妃也是知道的。

貴妃還有些疑惑。「昭素怎麼想到要去看太子？」

花嬤嬤道：「奴婢總覺得和信王脫不了關係。」

「哦？」貴妃說：「本宮知道她最近和那位來往頻繁，本宮側面向遙祝那孩子打聽了下，遙祝那孩子居然也是向著她，回答本宮說是什麼也不知道。」

這真的不能冤枉遙祝，遙祝每次都被打發出去，所以他是真的不知道。

不過，畢竟是近身伺候的人，昭素身上的痕跡他是看在眼裡的，但是他也不敢說出去，否則昭素這輩子就完了，他只能深埋在心底。

花嬤嬤疑惑道：「若真的是信王指使昭素去看太子，他們的目的又是什麼？奴婢總覺得這裡面不簡單。」

「妳安排人盯著昭素，特別是她和信王見面說了什麼話，至於太子府那邊，陛下重兵把守，恐怕要安排人進去，不是易事。」貴妃眉間微微皺起。

花嬤嬤道：「奴婢會盡力去辦。特別是昭素和信王的相見，奴婢總覺得有些不對勁。」

貴妃也察覺到了，就是不知道這假鳳凰和信王在搞什麼名堂。

第七十二章　局勢

睿王如今在查太子的案子，所以能夠自由出入太子府，也知道昭素的到來。但是昭素既然有陛下的口諭，他也不好多阻攔，又見她每次只是和太子說說話，帶吃食給太子，便也沒有再管她。

比起這點小事，太子的案子更為重要。

雖然人證、物證俱在，但是其中有部分是太子的妻舅打著太子的名號去做的惡事，他把有疑點的地方挑出來，呈給皇帝，皇帝卻不置可否。

好幾天過去，信王遲遲沒有等到廢位的詔書傳來，心裡有些急了。

這次來見昭素，特地叮囑她，之前交代給她的話，可以說給太子聽了。

昭素心驚地問：「這麼說真的沒問題嗎？太子日後若出了事，會不會查到我的頭上？」

太子自然是會出事，即使是查也只會查到妳頭上，信王心道。

他上前摟住昭素的腰，安撫道：「妳放心，妳只是以婦人之見在太子耳邊說了幾句話而已，不會出什麼事，這僅僅是在擊垮太子內心罷了。」

昭素回抱他，也以為僅僅是幾句話，便應了。「好。」

太子府。

太子依舊是那個萎靡不振的樣子，只有在見到兒子的時候才好些，但是不能時常見面，十天半個月只能見一次，每次見面說不到幾句話就又得分開。

昭素到的時候，小傢伙正被人抱走，路過她身邊的時候，甜甜地喊了聲。「姑姑。」

昭素笑著應道：「政兒乖。」

太子見她過來，已經見怪不怪，抄起酒瓶就繼續喝。

昭素也不攔他，只幽幽開口道：「皇兄，你就喝吧，一醉解千愁，如果我是你，也只能大醉一場。」

太子放下酒瓶，啞聲問：「妳這是什麼意思？」

昭素坐在他對面，惋惜道：「雖然皇兄口口聲聲說自己是被誣衊的，但是人證、物證都指向皇兄，皇兄即使是渾身長滿了嘴也說不清，況且父皇的心裡估計早就判定你有罪。」

太子聞言，渾身一怔。

昭素是父皇派來的，那麼她說的話，就是父皇的意思，父皇居然真的不相信他？

太子喝下一口酒，隨後眼露凶光地砸碎酒瓶，怒道：「憑什麼不相信我！憑什麼相信狗屁證據，也不相信我！父皇，我承認有些事我做過，但是有些事，我沒有做過啊，可不能冤枉我！」

隨後，他頭抵在地上，五指握成拳，狠狠地砸在地上，痛哭出聲。

昭素面無表情地看著，又說：「只是可惜了政兒，皇兄是皇太子，他本該是皇太孫，可惜他這麼聰慧，估計以後還是被皇兄你連累。」

太子一聽這話，捶地捶得更加厲害了，突然他抬起頭，站起來就要往外面走，嘴巴裡喊道：「我要見父皇！我要見父皇！」

然而，還未踏出門一步，就被人攔住，任憑他大吼大叫也沒有用，他重新被拖進屋子裡。

昭素也不再待下去，施施然走出了門。

此後幾天，凡是昭素再去，必談什麼皇帝對太子失望，政兒好可惜之類的話，太子這話聽得多了，更加惱怒自己無能，久而久之，居然生出要輕生的心思。

但是，他不敢。

昭素不知道信王讓她這麼做的原因，但是她每回重複說這些話，說得她自己都快要忍受不住了。

沈峭如今歸家得越來越晚，李姝色有時等著他，等得實在睏就睡著了。

難得一次沈峭提早回家，李姝色便向他打聽起太子的境況。

沈峭告訴她，睿王不會讓信王得逞，若太子倒下，那麼眾皇子中就沒有人與他抗衡，但話又說回來，太子會不會被廢不是他們說了算，一切看聖意。

睿王會把該做的都做了，若如此太子還是被廢，那麼就是太子命道如此，強求不得。

李姝色則說出自己的觀點。「即使太子被廢，陛下也不會看著信王獨大，還會扶持一個皇子與信王分庭抗禮，唯一的選擇也只有他了，不是嗎？」

她這個觀點倒是新奇，他們不是沒有考慮過，不過睿王小心慣了，做了這麼多年幕後，如今一下子要來到幕前與信王爭儲，他心裡竟有些猶豫。

沈峭道：「可能睿王還不想，且看陛下的意思吧。若真如妳所說，到了那天，他即使是不想站出來，也不得不站出來了。」

李姝色心想也是，人不被逼一逼，哪裡知道自己的潛力在哪兒？

隨後，兩個人又聊到老五。

老五被判了秋後斬首，據他的交代，確實是張家人帶他入京，又收留他，並且他幾次三番想要刺殺李姝色，也是因為昭素的示意。

這件事事關公主，所以魏忠獨自隱瞞下來，等以後有機會再呈報給陛下。

至於張家，倒也好辦，直接送到大理寺便是。

張家二老被抓進大理寺，現在只留下張大寶一人，他六神無主下，只能冒險進宮找張素素。

但他是外男，不能進宮，所以他只能徘徊在宮門口，想著能不能碰到出宮的張素素。

沒承想，還真的遇到了。

攔住昭素從太子府回來的馬車，張大寶頹敗的臉上湧現亮光。「昭素，昭素！救救爹娘！」

昭素讓人停了馬車，撩起窗簾一看，竟是張大寶，很是奇怪。「你怎麼在這裡？」

昭素了解來龍去脈後，這才知道出了這麼大的事。

她一方面擔心張家二老，另一方面怕他們將不該說的事情給說出去，就什麼都完了。因為這事牽扯老五，牽扯到她的身世，所以她不能貿然求助貴妃，只能求助信王，希望信王能夠將張家二老給救出來。

她最近忙著太子的事，都沒怎麼留意老五的動向，由於這件事，她是瞞著遙祝做的，所以真不知道老五居然被抓，判了死刑，還供出了張家二老。

一時間，很多個念頭在腦中閃過，也不知道老五有沒有供出她？想到這點，她有些心亂如麻。

第二日早朝，皇帝終於處置了太子的事。

廢除太子位，貶為庶人，並且永遠圈禁太子府。皇孫李孝政則接出太子府，暫時養在宮裡。

皇帝到底還是留了大皇子一命，但是對於李孝政的態度卻有些曖昧不明。
眼下這個太子位空了出來，皇帝難不成有意於李孝政？
可是他還是個三歲小兒，如何能擔得太子位？
不僅朝臣們這麼想，連信王也是這麼想。
他好不容易扳倒太子，沒承想還有個小的，也出來礙著他。
他拇指摩挲著食指，心中打定主意，眼底泛著陰冷的光。
昭素見到信王的那刻，迫不及待地拉住他的袖子說：「王爺，我爹娘被抓進了大理寺，還請王爺相助，讓大理寺將人給放了吧。」
信王沒有遲疑地答應。「好。」
昭素來不及欣喜，就聽到信王說：「但是本王需要妳幫我辦件事，這件事辦成了，本王自然會讓大理寺卿放了妳父母。」
昭素臉上的笑容僵住，她突然覺得，這些日子他讓她在太子面前說的話，應該是有所圖謀的。
昭素是和傳旨的太監前後腳進的太子府。
大皇子拿著廢位的詔書，正失神地看著，悲愴地笑出了聲，淚流滿面。

這時，昭素走近，蹲下身子，眼睛看著他，面無表情地問：「皇兄，這聖旨你看也看了，可有什麼想法？」

大皇子冷哼。「老死在太子府，哦，不對，我已經不是太子了，這裡也不是什麼太子府。」

昭素卻道：「不，你還沒有領會父皇的意思。」

大皇子眼睛直視著她，逼問。「妳什麼意思？」

昭素語氣幽幽。「你之前不是有輕生的念頭？怎麼廢位詔書一來，你就沒有這個念頭了？」

大皇子抿唇，沒有說話。

「父皇對你失望透頂，但是不能明擺著賜死，他會揹上殺子的罪名，你明白嗎？」昭素努力克制自己顫抖的聲音。

大皇子將昭素視為他和皇帝的橋梁，從來是她說什麼，他信什麼，不疑有他，這次亦是。

大皇子難以置信地問：「妳是說，父皇想要我死？」

「你難道沒有聽過一個詞嗎？」昭素冷冷吐出四個字。「畏罪自殺。」

大皇子跪坐在地上的身子一晃，差點倒下，喃喃道：「父皇居然就這麼容不下我……」

他還記得小時候，他是唯一一個養在父皇身邊的孩子，他知道他從小就不聰慧，連師傅背地裡都說他比不上二弟，但是奈何他才是太子，還是他母后用命換來的太子之位。

那個時候，父皇憐惜他年幼喪母，總是格外照顧，這麼多年，他大大小小犯過不少錯，但是父皇從來沒有生這麼大的氣，也從來沒有禁足他這麼長時間，一次都沒有來見過他。

難道，是真的厭棄了他，恨不得他去死？

昭素乘機道：「你應該為政兒著想，你如果在世上一日，父皇看到他就會想到你，你覺得父皇還會對他這個孫子喜愛得起來嗎？」

大皇子愣怔地看著她。「妳是說，政兒很有可能因為我的緣故，而惹得父皇不悅？」

「是啊。」昭素眼睛都不眨地說：「如果你死了，父皇因著三分愧疚，也會對政兒好，說不定政兒以後能當太子呢。」

她的話有股神奇的誘惑，大皇子愣愣地看著她，半晌沒有說話。

昭素見話已經帶到，便不再久留，轉身就走。

等她走後，大皇子不知從哪兒翻出一條白綾，繞過房梁，踏上板凳。

與此同時，李孝政在被接到宮裡的路上，遇到刺客劫殺，一隊護送人馬，無一倖免，全部死亡。

當天晚上，消息就傳到皇宮。

皇帝聞言，心中大慟，難以置信地看向福全。「你說什麼？你說大皇子懸梁自盡，政兒在回宮途中被刺殺？」

福全面露悲傷地說：「陛下，您請節哀。」

皇帝感到一陣天旋地轉，差點就要站立不住，福全忙上前握住他的手臂，焦急道：「陛下，您要小心自個兒的身子，千萬要節哀啊。」

皇帝臉色蒼白，一日間失去長子和長孫，這樣的打擊放在誰身上，都是不能承受的。

皇帝緩了好久，才握緊拳頭說：「去傳魏忠來。」

「是。」

魏忠很快被傳來，皇帝猩紅的眼神看著他道：「想必大皇子的事，你也聽說了吧？」

魏忠跪下，語氣沈痛。「陛下，您請節哀。」

皇帝重重地拍了下桌子，厲聲道：「給孤查！孤要看看是誰在背後搗鬼，既想要大皇子的命，還想要政兒的命！」

「臣遵旨。」

消息傳到李姝色耳中的時候，她只覺驚異。

她知道大皇子畏罪自殺，當然這其中必有隱情，但是為何連李孝政都被殺了？

她轉而一想，便明白了。

原著中，昭素和沈峭是妄圖扶持李孝政登基，如今這一世，李孝政居然跟著大皇子一起下線。

還是那句話，蝴蝶效應，既然昭素沒有嫁給沈峭，那麼就不存在他們兩個一起扶持李孝政了。

不過，李孝政還是個三歲小兒，他們居然連他都不放過，實在是可惡至極。

李姝色問沈峭。「這件事睿王有參與嗎？」

「沒有，」沈峭搖頭。「事情發生得太快，廢位、自殺、刺殺都在同一天發生，動作這麼俐落的也只有一人能辦到。」

李姝色立即回答。「信王！」

沈峭卻道：「這件事陛下交給了錦衣衛，但是我總覺得這裡面不僅僅有信王的手筆。」

這麼一說，李姝色也覺得，大皇子已經被廢太子，信王若是忌憚皇長孫李孝政，害死大皇子便是，畢竟失去太子之位，一個三歲小孩，他太容易對付了。

等李孝政長到成年，這裡面還不知道要出現多少變故，在一天之內害死大皇子父子二人，他是多想暴露自己的野心？

本來大皇子被廢太子就有他的手筆，陛下不是傻子，朝臣有眼睛的人也能看得出來，只不過事情鬧得太大，陛下也無心再保住這個位置，才會廢掉太子。

但從陛下保住大皇子一條命，不難看出他對大皇子還是有感情的，所以信王再心急，也不應該會下手這麼快、這麼狠。

李姝色道：「這件事做得太刻意了，有心人都能猜出是信王幹的，所以這其中必有隱情。」

沈峭贊同地看著她，他們夫妻想到一處去了。「雖然陛下將這件事交給錦衣衛，但是睿王也會在暗中調查。不過，信王接下來的日子恐怕會有些不好過，同樣睿王也是。」

李姝色點頭，大皇子父子二人被殺之事與信王脫不了關係，肯定惹得陛下不喜，況且信王外祖家顯赫，陛下心中必有忌憚。

至於睿王，正如之前分析得那般，陛下廢掉太子，若想扶持另外的皇子，與信王相抗衡，那麼必是睿王無疑。

睿王從幕後站到臺前，日子恐怕也是表面風光，背地裡不知道要被信王的人使多少絆子。

李姝色知道，雖然沈峭明面上是翰林院修撰，但是背地裡早就和睿王互通有無，只不過從不在旁人面前顯露罷了。

恐怕之後，睿王行事也會和沈峭商量，沈峭時常接近天子，揣度聖意也比旁人敏銳幾分。

但還是那句話，伴君如伴虎，李姝色還是替他擔心。

不過，擔心歸擔心，她知道他已經摻和進去，就不能輕易脫開身。

況且，他也不想。

因為，那頓鞭子記在他的心裡，敵人的敵人就是朋友，他無論如何都會幫著睿王一起扳倒信王。

信王一倒，那麼撫遠侯將如同沒有利爪的紙老虎罷了。

第七十三章　求賜婚

景仁宮。

信王怒氣衝衝地走進來，退下的小宮女不小心撞到他，他心中怒火更甚，一腳踹在小宮女的肚皮上，吼道：「該死的狗東西，敢擋本王的路！」

小宮女捂著肚子，跪在地上瑟瑟發抖地求饒。「王爺饒命，王爺饒命！」

信王有些不耐煩地揮手。「還不快滾！」

「信兒，」皇后皺著眉頭走了過來。「怎麼發這麼大的火氣？」

信王向皇后行了禮後，便急不可耐地道：「父皇今日也不知道是怎麼了？大皇子明明是自殺，偏要讓錦衣衛去查。不僅如此，還說三弟在調查大皇子一案中有功，厚賞了他，還將李孝政被刺殺的案子交到他手裡，讓他和錦衣衛一同調查。」

皇后聞言，語氣帶了幾分小心翼翼。「你老實和本宮說，大皇子父子是不是你……」

信王老實答道：「母后，我們母子之間沒有什麼好隱瞞的，大皇子的確是自殺，我只是派人遊說他，他死了比活著有價值罷了。至於李孝政……兒臣是瘋了，才會明目張膽地去害一個三歲小兒？就算父皇看中他，那又如何？三歲小兒能成什麼氣候，況且大皇子已死，他根本不足為懼。」

皇后聽了，先是鬆了口氣，隨即心又高高提起。「不對，李孝政被殺背後一定有黑手，但是現在大多人都認為是你動的手，連陛下都這麼認為，好個一箭雙雕！」

信王倒抽了一口氣。「真的是好計謀，連本王都被算進去了。」他頓了下，又問：「會不會是外祖父？」

皇后搖頭。「不是他，昨晚他就跟本宮傳信，還以為是你幹的。」

信王黑了臉色。「不是兒臣幹的。真是好險惡的用心，居然以此讓兒臣跟父皇離心！」

皇后瞇了下眼睛。「能這麼做的，只有一個人。」

「母后，您是說……」信王想了想，隨即頓悟道：「是他，是李琸睿！」

皇后冷哼。「不是他還能是誰？好啊，終日玩鷹，沒想到被鷹啄了眼！」

信王的拳頭逐漸握緊。「老三，沒想到最後居然是你要與我鬥！」

皇后道：「身後沒有倚仗的廢物，看他能鬥到什麼時候！」

鎮北王府。

鎮北王正在和景馬對弈，景馬面無表情，臉上的疤痕如蜈蚣般猙獰地附在他的臉上。

景馬幽幽開口。「這局，王爺贏了。」

鎮北王意味不明地笑。「此局還沒有完，此話言之尚早。」

景馬道：「屬下之後所走的每一步都在王爺的算計之中，雖未敗，卻已經敗矣。」

鎮北王放下手中棋子。「景馬，任何時候，都不能輕言放棄。」

「不放棄又能如何？」景馬雙手一攤。「垂死掙扎罷了。」

鎮北王笑了笑，沒有答話。

景馬又說：「王爺料事如神，知道信王不會放過太子——哦，大皇子，所以又準備了額外的驚喜給信王。不知道信王聽到皇長孫的死訊，是驚還是喜呢？」

鎮北王看他一眼，意味不明地道：「驚喜參半。」

永壽宮。

皇帝來了貴妃宮裡後，一言不發，就倚在榻上休息，貴妃幫他揉太陽穴，舒緩他疲累的情緒。

貴妃溫聲說：「陛下，雖然大皇子父子二人的離開，您很痛心，但是您也要保重自己的身體啊。」

皇帝伸手摸了摸她的手背，語氣有些乏。「來，不按摩了，陪孤說說話。」

貴妃乖巧地坐在他旁邊，頭靠在他的肩膀上，依偎著他。

皇帝摟著她的肩膀說：「大皇子剛出生的時候，他娘就去世了，那個時候她撐著一口氣，聽到孤立太子的詔書，她才滿足地離開人世。大皇子是孤頭一個出生的孩子，孤也手把手地帶過他幾年，親自教習，只不過後來國事繁重，才讓學儒教他，但是孤一有空，就會問他的功課。孤知道這孩子不堪大用，耳根子軟，沒有掌控一國的才能，但是孤念及父子之情，從沒有動過這麼早就廢掉他的念頭。」

貴妃聞言，心中微驚，原來陛下之前動過廢掉太子的念頭。

若是真廢掉太子，對於太子，陛下不能說是好父親，但他絕對是好君王，是為天下考慮的好君主。

「孤本以為，他會在廢太子府好好度過下半生，沒想到他會選擇自殺，孤連他最後一面都沒能見到，還有政兒那孩子，他才三歲，前些日子來給孤請安的時候，喊孤皇爺爺……」

說著，陛下的語氣逐漸低沈，貴妃察覺到了，想要抬頭看他，卻被他按住肩膀，沒讓她抬頭。

再之後，她就感到有淚珠順著她半邊臉頰滑落。

貴妃抓住他的手，在臉頰上親暱地蹭了蹭，道：「錦衣衛會很快查出真相的，陛下是為了天下而廢掉太子，雖一人不懂，但是天下人懂您。」

陛下抱著貴妃，幽幽嘆口氣，不再說話。

錦衣衛查出大皇子的確是自殺無疑，沒有看出任何被謀殺的痕跡。

至於皇長孫，刺客來去匆匆，竟是半點痕跡都沒有留下，唯一的突破口就是那日接皇長孫回宮的侍衛中，有個人雖身中一刀，但是好在保住了性命，他稱看到其中一個刺客的面容，等他有力氣就可以畫下來，這樣魏忠就可以按畫捉人。

等那侍衛畫出人像後，他拿起來一看，頓時瞳孔一縮，他見過這人。

他馬不停蹄地去見了睿王，他們一起調查皇長孫一案，所以理應互通有無。

睿王聽了他說的話，語氣震驚。「當真？」

魏忠臉色也很難看。「我的確在信王身邊見過此人，此人似乎是信王的謀士。」

睿王語氣沈了下去。「這件事你打算如何告知父皇？父皇剛剛經歷喪子之痛，若是再知道是兄弟相殘，恐怕身子會承受不住啊。」

魏忠臉上也露出為難之色。「可是，若不說，便是欺君。」

睿王道：「你先等等，給本王一些時日，本王覺得這裡面有蹊蹺，莫要冤枉了二哥才是。」

魏忠聞言，心裡鬆了口氣的同時，面上卻緊繃地說：「睿王，按理您說了，我總得賣您幾分面子，可是您需要多少時日，畢竟這事陛下催得緊。」

睿王回答。「不出半月，本王一定給父皇個交代。」

魏忠拱手應道：「是。」

魏忠拿到畫像的事，自然也傳到信王耳中，不知為何，心裡突然有些慌亂，便與皇后商量起了對策。

皇后安撫道：「信兒，你先別慌，管他什麼畫像，你只管不認便是。」

「可若陛下真的懷疑兒臣，那兒臣今後還能……」

他將「登上皇位」四個字嚥下去，但是他眼中的熱切卻讓人一目了然。

皇后安撫道：「魯國公到底是個沒用的，母后會重新給你找個助力。」

信王有些狐疑。「誰？」

皇后道：「鎮北王。」

李姝色這些日子什麼祛疤的藥都用了，好在疤痕逐漸淡去，不仔細瞧真瞧不出什麼痕跡，她這才長舒一口氣。

也不知道沈峭是著了什麼魔，對著她的疤痕還能親得下去，說出「她最美」之類的話，那一日說也就罷了，天天晚上都說，未免顯得有些膩。

特別是辦事的時候，他也不熄滅燭火，眼睛就火熱地盯著她瞧，好似怎麼也看不夠。

李姝色重重喘口氣，等待身上的酥麻感褪去，才不好意思地嬌嗔抱怨。「你又不吹滅蠟燭！」

他直接答。「妳好看。」

李姝色伸手摸了摸身上原先有疤的地方，問：「夫君，你仔細瞧瞧，這疤是不是全部褪去，再也看不出來了？」

沈峭真的俯身仔細看了起來，看了好幾眼，只看到剛剛留下的吻痕與某些不可言說的痕跡，其他當真看不出來，便道：「娘子肌膚勝雪，白皙無瑕，為夫很是喜歡。」

不正經！誰問他喜不喜歡了！

李姝色別過頭，輕輕哼了聲。

他伸手摸上她的臉蛋，哄道：「好啦，說一件趣事給妳聽，可好？」

他不是個愛講八卦的人，這麼一說，李姝色立馬就來了興趣。「什麼？」

他道：「今日皇后來找陛下求賜婚了。」

皇后育有一子一女，何況兩個子女都到了談婚論嫁的年紀，所以皇后去求賜婚也無可厚非。

李姝色道：「讓我猜猜，難不成是為了信王的婚事？」

信王如今可謂是風頭正盛，但她怎麼感覺，是神使其滅亡，必先使其瘋狂？

「不是，」他道：「皇后是為了清瑤公主請求陛下賜婚。」

李姝色聞言，張大了嘴巴。「不會是世子吧？」

他又捏了把她的臉蛋，揉了揉道：「猜對了，就是他。」

李姝色心想，皇后是真敢啊，信王如今風頭這麼盛，還敢和鎮北王聯姻，這是深怕陛下不猜忌啊。

難不成是太子倒臺後，信王覺得太子寶座是他的了，所以他和皇后才會這麼肆無忌憚？

李姝色道：「陛下肯定不會答應。」

「這可說不準，」沈峭語氣平平。「陛下沒有明著拒絕，說不定就會賜婚。」

李姝色聞言，沒有說話。

她知道原著中，清瑤沒有成功嫁給世子。但是這一世因為蝴蝶效應，和原著有出入的地方太多，所以她也不敢肯定了。

這時，沈峭打斷她的思緒說：「別想別人的婚事了，我們幹點有意思的事吧。」

李姝色還在想，大晚上的，他們兩個人還能幹什麼有意思的事？

沈峭的手突然順著她的臉頰往下移動，呼吸加重。

李姝色無語。

她就知道！還能有別的有意思的事嗎？

第七十四章　拒婚

皇后請賜婚的事，第二天就傳遍整個京城。

當年，皇帝為剛出生的小公主和世子賜婚的事又被有心人提出，所以他們有的人還在納悶，這婚事怎麼是皇后去提，而不是貴妃？

後來再一打聽，皇后原來求的是清瑤公主與世子的婚。

清瑤公主？可是，與世子從小有婚約的不是昭素公主嗎？

一時間，流言紛紛。

李姝色才明白過來，沈峭昨晚為什麼好端端地提起這件賜婚的事，提完之後，又折騰她到深夜。

因為她才是真正的小公主，與世子有婚約的人，豈不就是她？

他這飛醋吃得還真讓人摸不著頭腦，就像當初吃旁人的飛醋也是吃得無厘頭。

不過當初賜婚都是十幾年前的事，怎麼還被有心人給提出來了？

景仁宮。

清瑤公主眼巴巴地看著皇后，委屈道：「母后，您都不知道外面的流言有多難聽，說是我搶了昭素的駙馬！」

「胡說！」皇后皺眉。「男未婚、女未嫁，世子怎麼就是昭素的駙馬了？」

「還不是因為當初父皇的賜婚？」清瑤有些不滿地道：「現在所有人都認為是我橫刀奪愛，他們倆才是一對！」

皇后特地去請皇帝賜婚，不是為了便宜貴妃和昭素的，她道：「少安勿躁，只是些流言罷了，妳信母后，安心待嫁，母后一定風風光光地把妳嫁給世子。」

清瑤聞言，臉上的委屈這才有所緩和。「可是，父皇還沒有答應賜婚。」

「會的，妳父皇最疼妳了，妳對世子的心意，陛下也看得出，他一定會賜婚的。」皇后安撫她道。

清瑤點點頭。「嗯，兒臣都聽母后的。」

皇后一連好幾日都去求皇帝，由於公主和世子聯姻既是家事，也是國事，朝中有大臣站出來，請求皇帝答應皇后請求的賜婚。

一個大臣站出來，又接連有好幾個大臣附和，皇帝雖然還沒鬆口，但是態度好像離鬆口也不遠了。

就在這時，世子站出來道：「既然是本世子的婚事，怎麼沒人問問本世子的意願？」

「世子是不同意這門婚事嗎？」有大臣問。

世子笑了笑。「非也。」

「那便是同意了。」隨後，大臣轉向皇帝。「陛下，世子既然已經答應，還請陛下賜婚。」

世子卻在這時開口。「本世子是同意賜婚，但不是和清瑤的婚事。當初陛下賜婚，賜的也不是清瑤公主的婚事，而是小公主的。」

他這話一出，那位大臣臉色就僵住了。「世子的意思是，您想要娶昭素公主？」

「公主是金枝玉葉，哪裡能夠由本世子挑三揀四，只不過既然是賜婚，本世子就有疑問，為何不是一開始的小公主，而是清瑤公主呢？」

世子一直說的是「小公主」，而不是「昭素公主」。

朝臣們聽了他的話，頓時議論紛紛。

這件事最終也沒論出個所以然來，就這麼散了朝。

但是流言還是傳了出去，最終，就變成世子想要娶昭素公主為妻。

聽到流言的昭素立馬嚇了一大跳，震驚地看向遙祝。「你說什麼？世子說想要娶我？」

遙祝點頭。「是世子親口在大殿上說的。」

世子不是一向嫌棄她不好看，怎麼還想要娶她？

況且她和世子向來沒說過幾句話，相看兩相厭，她又……這樣的她，怎麼能夠嫁給世子？

這麼一想，昭素有些心亂如麻，立馬對遙祝說：「去給二哥傳信，說我要見他。」

聽到信王，遙祝就皺起了眉頭，雖然心裡不樂意，還是應道：「是。」

昭素來到老地方和信王碰面，信王這次姍姍來遲，昭素見到他就急道：「聽說了嗎？世子說要娶我。」

信王道：「他說要娶小公主，妳是嗎？」

昭素在心裡翻了個白眼，冷聲。「現在的我難道不是嗎？」

「放心，他不會娶妳的，」信王語氣篤定。「他只能娶清瑤。」

誰都能看出清瑤對世子的情意，可是世子若是執意不娶，誰也不能奈他何，所以昭素心裡還是擔憂的。

信王看出她的心思，拉住她的手說：「放心，妳已經是我的人，我無論如何都不會讓妳嫁給他人的。」說著，就把昭素擁入懷中。

而這一幕，恰巧落入不遠處的一雙眼中。

永壽宮。

花嬤嬤聽到來人的彙報後，臉上微沈，繼而將話傳給貴妃。

貴妃俏臉一沈。「她居然這麼不知羞恥？信王是她名義上的哥哥，她怎麼敢？」

花嬤嬤道：「之前還覺得奇怪，這兩個人為何頻頻相見，如今算是找到答案了，原來早就暗中苟且。」

貴妃冷哼道：「她的心可大著呢！當公主不滿足，還想等著以後信王登基，她再來個后妃當。」

花嬤嬤也冷笑。「她可真敢想。」

「她不僅敢想，也敢做呢。」貴妃頓了下，又說：「之前她每天都去太子府探望大皇子，後來大皇子就自盡了，這件事必定與她脫不了關係。」

花嬤嬤心中微驚。「她不敢吧，也沒那個本事。」

貴妃卻道：「她如何不敢？至於本事，她沒那個本事，但是信王有，她是把好用的刀，信王不用白不用。」

花嬤嬤後背出了層冷汗。「若是事敗，信王可以撇開與她的關係，但是娘娘您不行，她非得攀咬您一口不可，除非您將她的身世曝光。但是這點不可行，她是您親自接回的人，若是由您曝光，怕壓不住悠悠之口。」

「本宮何曾懼過悠悠眾口？只是眼下，本宮雖有陛下寵愛，但到底膝下無子，也沒有娘家可以依靠，若是接回小公主，怕也護不住她啊。」貴妃幽幽嘆口氣。

花嬤嬤想到，自昭素進入皇宮，身上發生的事就沒有斷過，如果小公主被人這麼針對，估計也不是貴妃樂意看到的，所以，貴妃才一直隱忍，等到大局落定，或者……她捲入奪嫡風波不得善終。前者她可以風光接回小公主，後者就更加不能接回小公主，小公主在外面還能平安過一輩子。

花嬤嬤問：「娘娘，那昭素這件事？」

貴妃道：「繼續盯著，不要讓他們察覺。」

花嬤嬤應道：「是。」

睿王府。

李琸睿、世子和沈峭，三個人圍著桌子坐下，密謀要事。

突然，李琸睿好奇地問世子。「今日早朝，你說你要娶小公主，難不成你真要娶昭素啊？」

世子白他一眼。「你難道真看不出來，昭素不是貴妃的女兒？」

「仔細看來，昭素是與貴妃不像，若是談像的話，還不如阿色。」說著，李琸睿的視線就轉向沈峭。「沈峭，是吧？」

沈峭文風不動地坐著，只淡淡笑問了聲。「是嗎？」

世子道：「我追查大皇子的事，查到他自盡前，只有昭素頻頻探望過他，而昭素在見他之前，還見過一個人，那就是她的大哥。後來，我就查到，她的養父母被關進大理寺，我實在好奇就繼續查了下去。這不查不知道，一查可謂是嚇了一大跳。」
世子眼睛直視著他問：「沈峭，你猜，本世子查到了什麼？」
沈峭神態自若。「我不知，還請世子明白告知。」
世子眼睛定定地看著他，像是要撕裂他臉上的平靜，開口道：「你們夫妻在打什麼啞謎，明明知道那個張素素是假冒的公主，卻從不跟任何人說？」
沈峭聞言，知道再也瞞不下去了，便道：「這件事說起來是我的錯。小時候我突發高燒，但是家中清貧，連買藥錢都拿不出，只得變賣阿色的玉珮。所以，這塊玉珮就到了張家人手裡，陰差陽錯讓遙祝看到玉珮，誤以為張素素才是公主。」
果然是這般，李琸睿道：「怪不得每次看到阿色，我都感覺很親近，想要將她當作妹妹般疼愛，沒想到她竟真是我的妹妹。」
世子也說：「我第一次見到張素素的時候，就知道她不是公主，她實在與貴妃長得不像。待看到李姝色第一眼的時候，就知道這裡面有貓膩。」
沈峭知道這房間裡都是自己人，所以才會把這個秘密說出來。關鍵是，他們也信他。然後下一秒，世子就說了句讓他差點心梗的話。
「若阿色真的是小公主，那麼我們豈不是從小就有婚約在身？」
沈峭愣住。
李琸睿眼神在他們兩個人身上掃過，作為阿色的親哥哥，他自然是有發言權的。「最主要還是看阿色的心意。」

沈峭回答。「我們已經成親了。」

李琸睿說：「阿色的婚事理應由父皇賜婚，自然了，父皇應會尊重阿色的心意。」

沈峭深吸一口氣，轉移話題道：「魏大人給王爺的畫像，王爺要如何處置？」

「有蹊蹺。」李琸睿道：「這麼明顯陷害的法子，雖愚蠢但有用。」

沈峭贊同點頭。「王爺說得是，若是畫像直接呈到陛下案前，恐怕信王也說不清。」

李琸睿手指輕敲桌面，想了想說：「那個侍衛要調查，還有繼續尋找目擊者，既然是在大街上犯案，本王就不信所有路人全都跑光了。」

永壽宮。

昭素前腳剛到，和貴妃談論著與世子小時候訂親的事，後腳皇帝就走了進來，看見她們母女倆在說話，好奇地問：「妳們在聊什麼？」

貴妃道：「還不是在聊世子和清瑤的事。」

「哦？」皇帝轉而看向昭素。「素素，妳覺得世子怎麼樣？」

昭素聞言，心中微驚，不動聲色地說：「世子人很好，與皇姊很般配。」

「可是父皇當年賜婚賜的是妳和世子，妳當真不喜歡世子嗎？」皇帝又問。

世子雖然長得妖孽美豔，不知是多少女人的剋星，但她就是喜歡不起來，她喜歡沈峭那種光風霽月、氣質如仙的模樣。再說，如今她又和信王糾纏不休，哪裡能夠再嫁與世子？
昭素道：「世子雖好，但是女兒不喜歡。」
貴妃也想到自家小公主已經嫁了人，並且夫妻和睦，沈峭也十分疼愛小公主，若是陛下再把世子和小公主扯上關係，那麼之後等小公主回歸，豈不是亂了套？
貴妃立刻接話道：「陛下，兒女親事，最主要還是看兒女的心意。既然素素不喜歡世子，況且世子瞧著與清瑤更親近些，與素素就沒說過幾句話，您還是不要亂點鴛鴦譜了。」
這話，也就貴妃能說。
皇帝當即道：「既然素素無意於世子，清瑤那孩子從小就喜歡世子，孤可以成全她。」
昭素聞言，心中鬆了口氣。

當天下午，皇帝就召見世子，談論賜婚的事。
沒承想世子突然跪下，直言不會娶清瑤，即使是娶，也只會是小公主。
這個舉動，無疑是抗旨不遵。
世子被罰跪在養心殿外，已有半日。
清瑤聽到消息後，立馬不顧自己公主形象，在宮街上一路跑到養心殿前，看著跪在地上的世子，緩緩蹲下身子。
他偏頭，安靜地瞥她一眼，隨後視線重新落在地面上。

清瑤的嗓音突然就哽住了。「我聽說，你拒絕了父皇的賜婚？說不會娶我，你要娶昭素？」

世子聞言，本不想搭話，但還是說了句。「我說，要娶的是小公主。」

清瑤突然惱怒。「你不要跟我打啞謎，小公主不就是昭素嗎？她有什麼好，你即使不娶她，也不肯娶我？我與你從小相識，你難道真的一點都看不出我對你的心意嗎？我喜歡你啊，可是你把我的心當什麼？當成你腳下的泥土，隨意踐踏嗎？」

沒有人知道，她有多喜歡眼前這個人，喜歡到整個京城的人都知道，她的母后在幫她，她的父皇亦是。

可是到頭來，他卻不肯娶她。

她得有多差勁，他才看都不願意多看她一眼。他哪怕多看她一眼，她的心給他都成。

清瑤眼角的淚珠啪嗒啪嗒地滑落，顫抖的嘴唇幾乎要掩蓋不住哭聲。

清瑤突然伸手抹了一把眼角的淚水，站起身後，又直直地跪在世子身邊，揚聲道：「父皇，兒臣亦不願意嫁給世子！」

世子表情愣怔了下，偏頭看向清瑤，清瑤卻沒有看他，眼中有著他從未見過的果決。

清瑤跪下不久，皇后就過來了，進殿為這對不省心的孩子求情。畢竟皇帝心疼自己女兒，不願讓清瑤跪太久，就派福全讓他們起身，並且讓世子回去閉門思過。

清瑤看著世子遠去的背影，想要追上前，卻不小心扭了下，就這一下，卻是再也追不上。

而世子，即使聽到旁邊宮女的驚呼聲，卻連頭都沒有回一下。

他就這麼走了，腳步穩健，沒有任何遲疑。

清瑤的眼眶再次紅了，皇后出來就看到她這副模樣，幽幽嘆息出聲。「清瑤……」

清瑤再也控制不住，撲到皇后懷裡，痛哭出聲。

第七十五章 相認

世子被陛下罰閉門思過的事，很快就傳遍了整個京城。

自然也包括李姝色，她沒想到世子居然敢抗旨不遵，拒絕娶清瑤。

其實清瑤公主雖然看著高傲了些，但到底只是個被寵壞的孩子，比起昭素那滿心滿肺的壞心眼，真的是不夠看。

不過，感情這種事很難說，世子不喜歡她，她再喜歡世子也無用。況且世子有底氣不娶她，因為現在世子的背後是鎮北王。

鎮北王與皇帝的感情不同於旁人，皇帝可能對自家親兄弟感情淡淡，也可能會有猜忌之心，但是對鎮北王卻不會，畢竟鎮北王當年為他打下天下，守衛大魏國土。

否則，他也不會是本朝唯一一個異姓王。

即使世子被禁足，大概用不了多久，就會解禁了吧。

第二天，鎮北王就親自進宮代子請罪，皇帝看到他來，心中什麼怒火都消了，非要拉著他手談兩局。

皇帝很看重鎮北王還有一點原因，那就是鎮北王從來是視名利如糞土的樣子，當初交兵符也是交得痛快，連眉頭都沒有皺一下。他在得知自己功高震主的情況下，毅然決然地選擇擁護皇帝的位置，指天為誓絕無二心，隨後便當了個閒散王爺。

這樣的人，皇帝如何不放心？

兩家雖未能結親，但是亦不能結怨，所以皇帝只象徵性地禁足世子一個月。

一個月後，世子就被解了禁。

解禁後的世子也不知道是怎麼了，平常除了宮宴或者特別召見才會在皇宮現身的人，居然破天荒地開始往宮裡跑，還是去貴妃娘娘的永壽宮，要見的人也不是貴妃，而是同樣住在永壽宮的昭素。

昭素被他叨擾得不勝其煩，如果他單純只是想要找她說話便也罷了，但是每次都問些奇怪的問題，讓她根本摸不著頭腦，例如：當公主開心嗎？妳爹娘現在還在大理寺，妳都不擔心嗎？妳怎麼長得和貴妃一點都不相像？

每拋出一個問題，都讓昭素無法回答。

忍無可忍之下，昭素每次都冷著臉，請人將世子送出去。

但是等世子走後，昭素心中又有些不安，總感覺世子話裡有話。另外，大哥又在催她救爹娘出來，不僅大哥心急，她也心急。

爹娘在大理寺多待一天，就有將真相說出來的可能。

實在等不下去，她只能偷偷聯繫信王。

等夜幕降臨的時候，昭素誰也沒帶，提了個燈籠就往老地方走去。

與此同時，花嬤嬤走進房間，對貴妃說：「娘娘，她又去見信王了。」

貴妃眉間微動，嘴角勾起嘲諷的弧度。「嬤嬤，是時候了，這口氣本宮憋了很久，但是當初的恨卻越發清晰。」

花嬤嬤道：「娘娘，您想好了？若是您也不幸被拉下水……」

貴妃冷笑。「本宮現在還怕這個？本宮只怕現在的風浪還不夠。風浪越高，本宮就越高興。」她抬起下巴，眼神堅定地道：「走，我們去養心殿找陛下。」

昭素來到御花園假山，不一會兒信王就出現了。

昭素看見他，立即上前說：「王爺，你當初答應放我爹娘出大理寺的事，還作數嗎？」

信王這次肯過來，不是為了和她談這個的，是為了和她將他們之間的事做個了結。

畢竟，大皇子已死，昭素這顆棋子也該丟掉了。

至於她今後的死活，又與他何干？

信王道：「本王根本就沒有將這件事放在心上。」

「什麼？」昭素瞪大眼睛。「你當初明明答應我的！」

「本王答應妳什麼？」信王語氣微沈。「昭素，我們是兄妹，有些話慎言。還有，天色已晚，我們今日相見已是不妥，以後還是不要再見了。」

昭素腦袋嗡一聲炸開。

他這是要和她撇清關係？

昭素意識到這點，立即怒道：「信王，你什麼意思？什麼叫我們以後不要再見了？我替你辦了那麼多事，你之前說的那些承諾，通通都不作數了嗎？」

信王聽到她的指責，卻滿臉無所謂。「昭素，本王是答應了妳要替妳證明身分，但不是現在。等本王事成，會替妳擺脫公主身分，還妳農家女的身分，妳還要怎樣？」

呵，她還要怎麼樣？信王是怎麼好意思這麼說的？

昭素現在明白過來，信王讓她對大皇子說的那些話，根本就是在逼迫大皇子早日自盡，而不僅僅是為了擊垮他的內心。

撇除大皇子的事不談，他們還早就暗中苟且，他怎麼能夠說出如此令人寒心的話？

昭素衝上前，緊緊抓著信王的手臂，滿面怒容。「你騙我！你讓我跟大皇子說的話，分明就是誘導他自殺！你……你還要了我的身子，讓我死心塌地為你幹活！到頭來，你卻連我爹娘都不幫我救出，連個身分都不願意給我！」

信王被她抓住手臂，心煩意亂，一把甩開她的手，喊道：「妳小點聲，難道是要讓別人聽見妳我苟且之事嗎？」

他的話音剛落，突然假山外就傳來一道驚恐的聲音。「陛下！」

在假山內的二人頓時愣住，後背冒了層冷汗。
這聲音他們熟悉，是貴妃的！
貴妃剛剛叫了陛下，這就說明，陛下也在！
兩個人同時臉色大變，信王更是惡狠狠地瞪著昭素，昭素顫抖著嘴唇，連一個字都說不出來。
這時，假山外傳來皇帝威嚴且惱怒的聲音。「還不快給孤滾出來！」
「陛下……」皇后驚懼出聲，看了看四周，眼神逐漸沈了下去。
昭素和信王慢吞吞地從假山裡走出來，皇帝再也忍受不住，上前一巴掌就搧在信王的臉上。
「啪」一聲，直接將信王的臉打偏。
信王額頭冷汗直流，直接跪了下去，語氣不穩地道：「父皇，您聽兒臣解釋，是她勾引兒臣的！兒臣一時糊塗才……」
他的話還沒有說完，皇帝憤怒的眼神就看向皇后，怒道：「看妳教的好兒子！」
皇后急道：「肯定是這個農家女蓄意勾引，她連假冒公主這事都幹得出來，還有什麼事幹不出來的？」隨後，鳳眼瞥向貴妃，怒道：「貴妃，這個農家女是妳親自接回來的，是不是妳指使她勾引信王，讓信王在陛下面前丟臉，是不是？」

花嬤嬤聽了皇后的話，心中一緊。她就知道皇后知曉張素素身分後，肯定會拿這件事咬住貴妃不放，企圖將所有罪責都推到貴妃身上。

貴妃嬌美的臉上既驚且怒，嬌軀顫抖地看向昭素，聲音沙啞。「妳是誰？妳不是小公主，妳又是誰？妳為什麼會有小公主的玉珮？本宮的小公主呢？妳快說啊！」說著，眼角的淚就流了下來，當真是聞者傷心。

花嬤嬤一把攙扶住她的手臂，同樣痛心地開口。「娘娘，您注意身子，千萬別激動，小公主肯定好好的。」

皇后看她這副惺惺作態的模樣，簡直快要氣炸，不顧形象地吼道：「貴妃，妳難道真的不知道她是假冒的嗎？妳不要裝了，分明就是妳故意接回個假公主，來誘導信王犯錯是不是？」

貴妃對她的話充耳不聞，含淚美眸只可憐兮兮地看向皇帝，開口道：「陛下！臣妾沒有，臣妾也是剛剛才知道昭素居然不是本宮的孩子！本宮的小公主啊，陛下！」說著，就掩面無聲落淚。

看著美人梨花帶雨的模樣，皇帝自是一臉心疼地抱著她，拍著她的背溫聲道：「好啦，孤相信妳，妳一定是被奸人蒙蔽，等孤把事情查清楚，給妳個交代。」

貴妃在他懷裡軟軟地「嗯」一聲。「臣妾聽陛下的。」

貴妃接回來千尊萬貴養著的公主，居然不是真的公主，還和信王在宮裡大行穢亂之事，給陛下抓了個正著，此等事真是聞所未聞！

如今二皇子被禁足在信王府，連皇后都被問責，至於那個假公主，則被送去慎刑司。

今日早朝，撫遠侯聯合一眾大臣為皇后和信王求情。睿王卻突然發難，細數撫遠侯幾十年的種種罪行，條條觸目驚心，按律當斬。

陛下更是發了大怒，當即讓人將撫遠侯及其黨羽關押起來，待查清後再判。

這下子，朝臣們終於看出風向，陛下不想保住撫遠侯，就是不想再保皇后和信王，再一瞧陛下如今對睿王信任的樣子，難不成陛下有意立睿王為太子？

一時間，睿王的門檻都快讓人給踏破了。但是，睿王卻閉門謝客，誰也沒見，只單獨見了魏忠。

魏忠知道睿王今非昔比，應付起來更加小心翼翼。

睿王將手中的東西送出，對他說：「魏大人，如今您可以將此物呈給父皇看了。」

睿王沒說兩句話就走了。

魏忠打開一看，正是當日侍衛畫的刺客畫像。

魏忠馬不停蹄地進了皇宮，從養心殿出來的時候，裡面立馬傳來茶盞砸地的聲音。「福全！」

福全不敢耽擱，立馬進去。

之後，福全領了幾道聖旨出來。

很快地，信王被褫奪封號，幽禁信王府，非死不得出的消息傳遍了整個京城。

貴妃聽到這個消息，不免問花嬤嬤。「皇后和撫遠侯呢？」

花嬤嬤勸慰道：「娘娘別急，信王作惡多端，更有甚者，殺害了大皇子父子二人，陛下能夠留他一命，完全是看在他是皇家血脈的緣故。沒了信王，皇后和撫遠侯就再也翻不出什麼花樣，被發落是遲早的事，娘娘您就等著看吧。」

「本宮與皇后的爭鬥是一回事，但是他們當年偷走小公主又是另外一回事，不發落了他們，難消本宮心頭之恨！」貴妃沈了聲音。「陛下慢慢調查，要調查到什麼時候？嬤嬤，這些年我們收集的證據，足夠讓皇后被廢，找個機會呈到陛下面前去。」

花嬤嬤道：「是。」

她知道，娘娘再也等不及了。

這後宮，多少枉死的妃嬪，多少流產的子嗣，他們還傳聞是貴妃容不下別的妃嬪生子，卻不知這背後始作俑者另有其人，這些真相是時候該大白了。

貴妃安排好扳倒皇后的事，嘴角揚起一抹幸福的笑。「是時候接回小公主了。」

花嬤嬤也替貴妃高興。「恭喜娘娘！」

隨後，花嬤嬤想到什麼，又說：「娘娘，遙祝想要見您。」

貴妃擺手道：「罷了，還是見一面吧。那個孩子……好在最後及時回頭，察覺到張素素與信王的不對勁，知道告訴本宮，否則本宮還不能這麼快扳倒信王和皇后。」

花嬤嬤笑道：「畢竟是從小養在身邊的孩子，還是忠於娘娘的。」

貴妃則笑。「他忠的不是本宮，是小公主。」

這些天，朝廷大變的事，李姝色也聽說了。

萬萬沒有想到，張素素居然頂著她小公主的名頭，在後宮與她名義上的哥哥苟且，這讓她難受了好半天。

好在，今日沈峭帶回來一個好消息給她：張素素在慎刑司不禁審，已經把一切都招了。張素素說明了玉珮的由來，自己是如何欺騙遙祝假冒公主，之後更是道出真正小公主是誰，以及她是怎麼和信王勾搭在一起謀害大皇子。

她能招的全部都招了，等再也招不出什麼後，皇帝就發落了她，絞首示眾。

敢冒充皇室，本身就是欺君罔上的罪行，更何況她還參與了謀害皇子的事。

李姝色聞言，心中不勝唏噓。「如果張素素知道她如今的下場，當初還會拿著我的玉珮來京城認親嗎？」

沈峭沒有作答，因為沒有如果。

至於張家，也有參與假冒皇室血脈的事。陛下自然是震怒，雖沒有賜死他們，但是判了流放關外，這輩子只能老死在那裡。

張家剩下的人，一個都跑不了。

李姝色想到他們一家從鍾毓村搬離，意氣風發地來京城的樣子，又是一陣唏噓。他們那時只想到享福，哪裡能夠想到今日遭禍流放呢？

聽完張家人的下場，李姝色又聽了一件喜事，那就是沈峭升官了！

李姝色很是開心，她知道沈峭心懷抱負，這一切都是他應得的。況且，他如今和睿王在同條船上，又是睿王的妹夫，睿王肯定會提拔他。

李姝色剛聽到他升官的消息，突然耳邊傳來小蘭的聲音。「夫人！夫人！」

待她腳步站定，李姝色忙問道：「怎麼了？」

小蘭道：「夫人，宮裡來人了，說是要接您回宮！」

李姝色聞言一驚。

陛下和貴妃知道了她的身分，這麼快就要把她接進宮？

聽到宮裡來人的消息，沈峭的臉色淡了下去，湧上些許不安的情緒，他拉著李姝色的手，喊道：「阿色……」

李姝色看向他，給了他安心的笑容。「夫君，你放心，我去去就回，這裡才是我的家。」

她雖這麼說，但是沈峭心裡還是不安，畢竟此去，今後阿色就是公主了。

高高在上的公主，他還能高攀得上嗎？

宮裡來接她的人，正是貴妃和遙祝。

貴妃一見到李姝色，終於不再克制自己的情緒，雙眼通紅地上前擁住她，啞聲道：「小公主，妳是小公主，本宮的小公主！」

第七十六章 判決

沒多久，撫遠侯的案子有了判決。

皇帝痛心疾首，顧念舊情，只將撫遠侯一人斬首，撫遠侯府其餘人被判流放。他的黨羽，親近者斬首，其餘人貶官降職，牽連了不少朝臣。

傳旨的是福全公公，他身邊跟了個人，不是別人，正是沈峭。

撫遠侯經過這十天半個月的等待，彷彿老了十歲，跪在地上聽旨的時候，佝僂著身軀，再也不復當初盛氣凌人的模樣。

聽完旨後，深知大勢已去，他一句話也沒說，只默默接了旨。

福全走了，但是沈峭沒有。

撫遠侯掀起眼皮，語氣沙啞。「你是留下來特地看我笑話的嗎？」

畢竟，當初他送他大禮，卻被他拒絕，他還使計讓他娘子進了大理寺。

如今，他落魄了，他應該是來看他的笑話無疑。

誰知，沈峭卻道：「不是。」

不是？

撫遠侯臉上波瀾不驚，冷哼。「那你留下是做什麼？」

沈峭道：「陛下口諭，撫遠侯濫用私權，禍害小公主，鞭笞一百。」

撫遠侯沒有想到，自己臨死前還要遭受這份罪，立即起身惱怒道：「我何時害過小公主？」

沈峭語氣微涼。「哦，忘了你在獄中不知道。我的娘子李姝色才是真正的小公主，當初你為了發洩一己之憤，將她關進大理寺，你怎麼對小公主的，陛下自然會怎麼對你。」

撫遠侯身子微微一抖。

沈峭又道：「不過你放心，有人會陪著你一起受刑的。」

這個有人，自然是指大理寺卿。

說完，沈峭便拂袖離開了。

景仁宮。

皇后自從信王被禁足，撫遠侯被關後，一蹶不振，什麼胃口也沒有。

吳嬤嬤看了心疼，對她說：「娘娘，您好歹吃點，可別熬壞了身子，要是連您都倒下了，這世間可就再也沒有人能幫信王了。」

皇后神情懨懨。「陛下都把本宮的母家全族流放，連本宮的父親都沒有放過，本宮的兒子如今被廢，幽禁至死，本宮活著還有什麼意義？」

吳嬤嬤卻道：「娘娘，您可別說這話，多不吉利。您若有個三長兩短，可不正巧便宜了永壽宮那個賤人！」

聽她一提到永壽宮，皇后陡然燃起鬥志，接過吳嬤嬤手裡的碗說：「妳說得對，本宮活著一天，就始終是皇后，她就永遠別想爬到本宮的位置！」

吳嬤嬤見她重新站起來，十分欣慰，又道：「娘娘，清瑤公主一直在外求見，您當真不見嗎？」

想到清瑤，皇后的臉色就緩和下來，但也就只是瞬間的事，隨即又變得冷硬。「不見，妳告訴她，以後就當沒了本宮這個娘，讓她好自為之。」

吳嬤嬤知道皇后的用意，忍不住擦了擦眼角的淚，應聲道：「奴婢知道了，相信公主會明白娘娘的用心良苦。」

此前一直瘋癲的虞美人，不知道是得了什麼仙人點化，突然在自己宮裡清醒過來，還聲稱要見陛下。

她的貼身宮女不敢耽擱，去了永壽宮。

畢竟現在皇后大勢已去，貴妃又有協理六宮之權，掌管宮中一切大事、小事，所以小宮女頭一個想到的就是貴妃。

貴妃聞言，先是驚訝地問：「當真是清醒過來，不再把枕頭當作自己的孩子？」

小宮女恭恭敬敬地回答。「是。依奴婢看，的確已經清醒過來，娘娘若是不放心，可派太醫前去診治。」

貴妃擺手。「也罷，既然她想要見陛下，就讓她去見吧。」

小宮女身子趴在地上，應道：「是，謝娘娘。」

虞美人就這般去了養心殿，原本眾人還在猜測她見陛下是為了何事，難不成是為了編排貴妃？

沒想到，她告發的不是貴妃，而是皇后。

她在清醒之前，有人去她宮裡見過她。見她的不是別人，正是花嬤嬤。花嬤嬤告訴她，要麼繼續瘋下去，被挪去冷宮，要麼就把事情真相說出來，到陛下面前搏一搏，或許還有一線生機。

虞美人本來就是在裝瘋，如今又知道時局，皇后儼然大勢已去，她自然知道路該怎麼選。

於是，虞美人的「瘋病」就好了，如今更是在陛下面前，梨花帶雨地哭訴皇后誘導她殺害腹中皇子再嫁禍貴妃的罪行，更是坦言無意中發現了一個秘密，當年小公主被偷就是皇后下的手，後來那個刺客實在不忍殺害小公主，才將小公主拋棄在嶼君山。

皇帝聞言，十分憤怒，當即就派福全將皇后貼身伺候的宮女、太監抓起來，送進慎刑司，務必要讓他們的嘴巴裡吐出真東西來。

虞美人這次瘋病好了後，因為檢舉有功，升了位分，只不過她上次小產傷了身子，這輩子都不能再有孩子，恐怕要守著這個位分過一輩子。

福全的動作俐落，很快地就將這些年皇后犯下的案子，全部查出並呈到陛下面前。罪行累累，罄竹難書，讓人看著觸目驚心，光是陷害貴妃的事就不下十條！

皇帝憤怒拍桌，當即就廢去皇后的后位，但念在多年夫妻情分，沒有直接賜死，也沒有打入冷宮，只是貶為庶人，幽禁在景仁宮。

畢竟，皇帝還是顧及清瑤的名聲，清瑤是待嫁女，即使是公主，恐怕日後的婚事也難免會遭受波折。

貴妃聽到陛下對皇后的處置，或許是鬥了這麼多年，突然間競爭對手就這麼倒了，除了唏噓還是唏噓。

不過，花嬤嬤倒是很開心，坦言皇后終於得了報應。

是啊，好在她的小公主回到了她的身邊，要不是念著小公主還在世，她恐怕早就倒下去了。

感慨完，貴妃就笑咪咪地說：「走，咱們去看看小公主在幹什麼。」

花嬤嬤一聽貴妃說要找小公主，竟有些頭疼。「哎喲，我的好娘娘，小公主就在咱們宮裡，又不會跑，您何至於一天去見小公主十八次？小公主都沒有私人空間了。」

可不是，一盞茶的工夫沒有見到人，貴妃就急得不行，患得患失得厲害，看到小公主就一直往懷裡抱，稀罕得不行。

好在小公主知道貴妃思女情切，任由貴妃胡鬧，對待貴妃也有足夠的耐心，要是換成別的孩子，哪裡能有這番耐心？

貴妃聞言，問：「本宮時時黏著她，她會不會嫌煩？」

花嬤嬤道：「應該不會，小公主與娘娘母女連心，怎麼會嫌娘娘煩呢，奴婢看小公主是很喜歡娘娘的。」

貴妃鬆了一口氣。「那就好，那就好，本宮等一下再去看她。」

然而，又過了片刻，貴妃像是突然想到什麼般，站起身來說：「本宮忘了問，本宮為她準備的衣服她喜不喜歡？不成，本宮得去問問。」

花嬤嬤心裡苦笑。

娘娘，您想去見小公主就去見唄。這個理由，您之前都已經問了十八遍……

自從李姝色被接進宮裡後，沈峭獨守空房，懷裡沒有軟玉溫香，翻來覆去地睡不著覺。

如今宮裡，貴妃獨大，皇后被廢，貴妃很有可能被立為皇后，阿色待在宮裡也很安全，他不必擔心。

只不過，他想她想得要瘋掉了。

眼下，只能以正事轉移注意力，逼迫自己不再想她。

如今信王大勢已去，相信睿王不久後就會被封為太子，睿王興許是查覺到了這點，所以這些日子格外低調。

但是，皇長孫被殺一案，這裡面還有疑點，他們認為信王有殺害大皇子的動機，但是皇長孫可能真不是他動的手。

也就是說，這京城裡還有幕後黑手在無形中推動著事情的發展。

這個人，又是誰呢？

睿王調查到那個僥倖活著的侍衛，之前跟鎮北王府有過聯繫。

所以，他懷疑是鎮北王動的手，隨後再讓侍衛嫁禍給信王。

沈峭覺得有理，他們能夠察覺到鎮北王看似不爭不搶，實則背地裡圖謀不小。

這次在皇長孫被殺後，他不小心將野心暴露出來了。

同樣睡不著的人還有在宮裡的李姝色，雖然宮裡的每個人對她都很友好，貴妃和皇帝對她極盡寵愛，但她還是忍不住想沈峭。

每次看到貴妃慈愛的眼神，她就把要出宮的話嚥下去，許是貴妃正在興頭上，她不想惹得貴妃不高興。

她在腦海裡想了一遍原著劇情，如今信王倒下，睿王很快就會被立為太子，但是他的太子之位會影響鎮北王的利益，鎮北王是不會眼睜睜地看著睿王成為太子的。

所以，接下來就到了睿王和鎮北王最後較量的階段，而且不會只是無形的硝煙，因為鎮北王手裡有私兵。

鎮北王造反的原因很簡單，皇帝那個位置只要是男人都想坐，而且這個位置還是他和皇帝一起打下來的，沒道理不覬覦。

當時，皇帝手裡握著他的家人，所以他選擇隱忍。但是現在他謀劃得那麼多，不會再眼睜睜地看著儲位落入別人手中，所以不再隱忍，會直接走到臺前。

李姝色更加睡不著了，有些擔心沈峭，又想到古代可能會有金絲軟甲一類的東西護身，便想明天去問貴妃，要是有的話，為沈峭要一件。

景仁宮。

清瑤公主在外面站了大半晌，廢皇后才終於現身，透過上鎖大門的縫隙看她。

清瑤臉上一喜地喊道：「母后！」

廢皇后表情淡淡。「如今我已經是庶人，擔不得公主一聲母后。」

清瑤急道：「母后，無論您的身分如何，您始終都是我的母親啊！」

廢皇后問：「清瑤，妳如今在宮裡如何？他們那些人有沒有欺負妳？」

聽到這個，清瑤的眼眶又紅了一圈，畢竟之前她是嫡公主，誰也不敢怠慢她，如今二皇兄跟母后相繼倒臺後，她在後宮的地位自然也跟著沒了。

清瑤強顏道：「沒有，父皇沒有責怪於我。」

廢皇后聞言，鬆了口氣，又問：「清瑤，妳告訴我，妳現在還想嫁與世子嗎？」

清瑤搖了搖頭。「不想了。」

且不說世子根本不喜歡她，就是以她現在的地位，也實在配不上他，畢竟他值得更好的。

廢皇后這才從懷裡掏出一個信封，這個信封鼓鼓囊囊的，裡面像是放什麼了不得的東西，從縫隙中遞給清瑤後，鄭重囑咐。「清瑤，妳把這個交到妳父皇手中，千萬不要自己打開，知道了嗎？」

清瑤有些好奇地接過。「母后，這裡面是什麼東西？」

「別問，妳只管交到妳父皇手裡。」

廢皇后心道：我能夠幫妳的也只有這麼多了，沒有母親的庇護，妳要怎麼在後宮、在夫家立足？如今有這信封，雖然不能保證其他，但是保妳一生無虞應是夠的。

廢皇后不捨地看了看清瑤，若是她還有放不下的，就是她這個女兒了。清瑤這孩子從小就沒心機，以前鬥不過那個冒牌貨，如今真正的小公主回歸，她身後又有貴妃撐腰，她又拿什麼去鬥？

廢皇后最後關心地問：「清瑤，妳告訴我，小公主有沒有欺負妳？」

清瑤卻是搖頭。「沒有，小公主人挺好的，比那個冒牌貨好講話多了，之前她在宮外開店，我還去買過衣服呢。」

「那就好。以後妳不要再過來了，妳若安好，我就安好，妳知道了嗎？」

清瑤紅著眼眶搖頭。「不要，我要日日來見母后。」

「乖，聽話。日後妳即使再過來，我也不會再見妳了。」說完，她毫不留戀地轉身就走。

清瑤驚慌大叫。「母后！」

清瑤依照廢皇后的囑託，將信呈給皇帝。

皇帝打開看完後，臉色立馬就沈了下去，他問：「這些是她給妳的？」

「是，是母……是她給兒臣的。」清瑤回道。

「她還說什麼了？」皇帝追問。

「她什麼也沒有說，讓兒臣不要打開，直接交給您。」

皇帝吐出一口氣。「乖孩子，孤看到了，妳回去吧。」

「是。」

清瑤呈上來的不是普通物件，而是鎮北王和撫遠侯與廢皇后的往來信件。

這些信件裡面的鎮北王與他平時看見的鎮北王完全不一樣，是個狼子野心、野心勃勃的人。

皇帝臉色很是難看地喚了魏忠，讓魏忠將這件事調查清楚。

魏忠領命，他其實早就察覺到不對勁，但是一來苦無證據，二來皇帝又太過信任鎮北王，所以他一直都是暗中調查。

如今，過了明面，終於可以放開手調查了。

第七十七章 平定

早朝時，有大臣指出應早立太子，以正國本。皇帝深覺有理，當即立了睿王為太子。

睿王眾望所歸，雖然也有小部分臣子反對，但反對無效。

冊立太子禮就在兩個月後，時間雖緊迫，但是該有的禮儀流程一點都不能少，也是禮部的頭等大事。

這邊緊鑼密鼓地籌備著，那邊鎮北王府卻是格外的安靜。

就連世子在自家替兄弟高興多喝了兩杯酒，都被鎮北王叫去，訓了一番話，說他白日醉酒，不成體統。

世子無奈地站好身子，應了聲是，保證以後不會再如此失態了。

他是真的替李琸睿高興，從小在廢皇后和二皇子手下討生活，如今終於擺脫掉棋子身分，即將被冊立為太子。多年籌謀，一朝成功，他怎麼能夠不替他高興？

相較於世子的高興，鎮北王就不那麼愉快了。

他在幕後準備的一切，推波助瀾地除掉大皇子和二皇子，並不是為了讓睿王獲利。

景馬瞧著鎮北王的臉色有些不好看，便上前道：「王爺，我們不能再等了，再等下去，睿王就要成為儲君，坐上那個位置了！」

鎮北王覺得現在時機也算成熟，起事雖沒有十足把握，但是成功的機率不低。

他道：「好，冊立太子那日，我們就動手。」

李姝色跟貴妃要到一件金絲軟甲，想要出宮親自送給沈峭，卻被貴妃拉著手，怎麼也不肯放，還說會派人替她送去。

李姝色知道貴妃怕她一出宮，就不想回來了。

貴妃就是護仔的老母雞，只要小雞仔離開老母雞的視線，她就會焦躁不安，恨不得時時刻刻盯著她才好。

李姝色無奈，只得答應，歇了出宮的心思。

畢竟，貴妃找了她十幾年，念了她十幾年，她在宮裡多陪陪貴妃也是應該的。

轉眼間，就到了太子冊封日。冊封流程有祭祀、儀仗準備、宣讀詔書、謝禮受禮以及拜廟。

按理，太子得到冊封後要奉拜太廟，祭告祖宗後這禮才算完成。

然而，當李琸睿要敬香的時候，香無緣無故斷了……

唱禮的人臉色都白了，只得再唱一次禮。「太子，拜！」

然後這次，香又斷了。

斷了三次，就在朝臣們議論紛紛之際，鎮北王站了出來。

「看來，是老天不想讓睿王來當這個儲君。」

他這話一出，明顯就是挑釁了。

李琸睿轉身看向他，臉色微沈。「王爺，你這是什麼意思？」

「本王的意思是，你不配做這個太子。」鎮北王如是說。

這下子，朝臣們議論的聲音更大了。

皇帝終於出了聲。「那鎮北王倒是說說，誰適合來當這個太子？」

鎮北王直接冷笑。「誰來當都不適合。」

正當所有人都疑惑不解地看向他的時候，鎮北王說：「因為，本王想當皇帝。」

此話一出，眾人皆驚。

「鎮北王，你這話是何意？難不成你想要造反？」有人開口問。

鎮北王卻揚聲道：「何為造反？剛剛你們都看到了，是老天不允許他李家的兒子來當這個太子！皇帝無德，皇后被廢，兒子又相互殘殺，二皇子害死了大皇子和皇長孫，這樣的李家憑什麼能夠管理天下？是老天看不過眼兒！」

朝廷動盪，眾人都看在眼裡，這些天發生太多事情，頭頭件件都在刺激著大臣們的精神，他們才反應過來，這鎮北王怕是真的要謀反了！

而且，跟隨他的大臣還不少，此時居然跟著附和。「王爺說得對，李家無德，不配稱帝！」

一時間，朝堂大亂。

鎮北王見狀，看向皇帝道：「你我兄弟一場，若你能夠禪位於我，自是少了風波。若是不肯，就不要怪我無情，今日就要血洗皇宮！」

說完，外面的空中炸開一朵信號彈。

大臣們聽到「血洗皇宮」四個字的時候，有的立馬就慌了神，走到鎮北王身邊，欲擁護他立為新帝。

皇帝冷眼看著，默默地將這些吃裡扒外的大臣們給記在心裡。

外面響起殺伐聲，震耳欲聾。

鎮北王胸有成竹，繼續逼迫皇帝。「陛下以為如何？」

皇帝滿眼失望地看著他。「孤本以為你不是這樣的人，卻沒想到，你最終還是辜負了孤對你的期待。」

鎮北王心裡一咯噔，但是他想著現在外面都是自己的兵，便定了定心神道：「既然你不肯，那就休怪我了！」

「砰」的一聲，一枚信號彈再次在空中炸開。

但詭異的是，這次外面的殺伐聲居然逐漸變弱，直至安靜。

鎮北王察覺到不對勁，臉色陰沈下去。

這時，葉菁眉穿著戰服，渾身浴血地走進來，恭恭敬敬地朝著皇帝行禮道：「陛下，反賊已經全部捉拿了。」

「葉將軍辛苦了。」皇帝道。

大家被這樣的反轉弄得一頭霧水，最終是鎮北王忍受不住問出了聲。「這是怎麼回事？」

原來，當清瑤將信封遞給皇帝的時候，皇帝在心中就種下了懷疑的種子。

後來，魏忠也調查出一些事情，其中自然有睿王的協助，又找到一位皇長孫被殺當日的目擊者，親眼看到最終刺客是往鎮北王府的方向去。

並且，那位畫出刺客畫像的侍衛，之前也與鎮北王有來往，受不住酷刑，什麼都招了。

皇帝瞭解真相後，便藉著冊立太子一事，請君入甕。

若是鎮北王沒有反意，那麼冊封典禮自然會順利舉行，若是他有，必會在冊立這日舉兵造反。

皇帝期盼是前者，卻沒想到最終是後者。

好在提前部署，葉菁眉領兵慣了，對付反賊手到擒來，不一會兒就全部捉住，穩住局勢。

鎮北王聞言，又聽皇帝問他為什麼，他怒道：「憑什麼是我打下的天下，你李家卻能坐擁天下？如果沒有我，你能坐穩皇位？」

皇帝失望地讓人將他給押下去，這時鎮北王身邊的景馬突然提刀刺過來！

好在李琸睿警覺，替皇帝擋住，但最終還是被傷了手臂。

景馬知道這一擊不成，便再也沒有機會，怨恨地拿刀抹了脖子。

至此，塵埃落定。

李姝色在永壽宮等著消息，本來就不安心，再聽到有人刺殺父皇，又有人替父皇擋了一刀時，再也坐不住，起身就往太廟方向跑去。

來報的宮女心想，小公主真的是心疼太子啊。

李姝色沒有聽清楚，害怕擋那一刀的人是沈峭，所以跑得格外急。

最終，在太廟門口看到緩步出來的沈峭。

兩個人相隔這麼多天第一次相見，李姝色瞬間紅了眼眶朝他奔過去。

沈峭也抬腳快速向她走來。

隨後，兩個人緊緊擁抱在一起。

李姝色上下打量他，見他沒事，鬆了口氣，問道：「父皇和太子沒事吧？」

沈峭摸了摸她的腦袋，安撫道：「沒事，太子替陛下擋了一刀，好在只是傷到手臂，沒有傷到要處。」

李姝色點點頭，拉著他的手說：「走，我們去見父皇。」

沈峭心道，不是剛出來，怎麼又要進去？

李姝色看著他不解的眼神，笑道：「醜媳婦終究是要見公婆的。」

沈峭愣了一會兒。

李姝色又道：「夫君別怕，我會保護你的。」

沈峭笑出了聲。「好。」

娘子，我亦會保護妳的。

一輩子。

第七十八章　寵她

皇帝初次在殿試見到沈峭的時候，其實心裡挺稀罕的，寒門貴子，在於一個貴字，可遇不可求。

身挺如松，氣節高華，談吐不凡，若說他是簪纓世冑培養出仕的弟子也不為過。

那時，他在心中還閃過一個念頭，若是把自家的公主許配給他，成就良緣，也不是不行。

不過，後來聽說沈峭已經娶妻，並且與夫人琴瑟和鳴，便歇了這個心思。

但萬萬沒想到，他夫人居然是他真正的小公主！

他流落在外十多年的小公主！

之前那麼想是一回事，但是現在涉及到小公主，就又是另外一回事了。

皇帝現在就有些看他不爽，感覺自家白菜被豬給拱了，看沈峭哪兒都不對勁，就連讓他看中的寒門身分，都讓他覺得之前委屈了他家小公主。

當李姝色挽著沈峭的手臂進入太廟的時候，裡面的叛賊該抓的已經被抓，有不少站錯隊的大臣在跪地求饒，但仍是被皇帝派人押入大牢，聽候發落。

本來，其餘大臣們都已經散了，但就在這個時候，他們這對小夫妻出現，沈峭去而復返。

皇帝的心思一下子從叛亂中抽離，眼睛緊緊地盯著他們挽著的手臂上，輕咳一聲道：「阿色，到孤身邊來。」

李姝色嘟了下嘴巴，「哦」了聲，走到他跟前，喊了聲。「父皇，您沒事吧？」

「沒事，就是妳三哥的手臂被劃傷了。」

李姝色偏頭看去，果然看見葉菁眉正皺著眉頭替李琸睿包紮傷口，眼底的心疼藏都藏不住，算算日子，他們很快就會被皇帝賜婚了吧？

李姝色關心地問了句。「太子哥哥，你沒事吧？」

「無事，只是點擦傷。」李琸睿說完，便拉著葉菁眉遠離他們，似乎已經預料到接下來要發生的事。

他剛剛可是看見，父皇見到這對小夫妻進來時的表情，審視沈峭的眼神就像是在雞蛋裡挑骨頭，那可是十分的嫌棄。

畢竟小妹跟父皇分別多少年，就和沈峭朝夕相處多少年，父皇能不吃味嗎？

掐指一算，小妹進宮也有小半年時間了，小倆口分開這麼長時間，大概再也忍不住，勢必要說服父皇，讓兩人相攜回家的。

李琸睿給了葉菁眉一個眼神，示意她看戲。

葉菁眉白了他一眼，繼續認真地幫他包紮傷口。

正如李琸睿所猜想得那樣，李姝色確實是起了回自家小店的心思，不是說皇宮不好，而是這裡沒有沈峭。

她拉著皇帝的袖子，撒嬌地說：「父皇，今日夫君正巧也在，兒臣想要隨夫君一起回去了。」

這下子，連葉菁眉包紮傷口的動作都停住了，福全更是豎起耳朵聽，大家心裡跟明鏡似的。

皇帝臉上湧現一抹受傷的神色，問：「是父皇哪裡做得不夠好嗎？怎麼這麼快就要回去？」

皇帝穿著龍袍，明明是最威嚴的時候，此刻卻像是失去玩具的孩子，受傷且失落，眼中還有一絲自責。

李姝色聞言，忙說：「沒有，父皇與母妃對兒臣很好，皇宮裡每個人都對兒臣很好，但是兒臣……」她瞥一眼沈峭，有些羞澀地開口。「兒臣已經出嫁，理應陪伴夫君左右才是。」

皇帝聞言，竟點了點頭。「阿色說得是。」

李姝色眼睛一亮，還以為皇帝已經同意，剛要答謝的時候，聽到皇帝說：「只是妳的公主府還沒有修繕好，還需要等些時候才是。」

李姝色一頭霧水。「啊？」

什麼公主府？她之前怎麼沒有聽過這回事？

皇帝解釋道：「孤為妳挑選了一座府邸作為妳的公主府，本來是想等到修繕好後，再給妳一個驚喜的，沒承想妳這麼心急。孤也不是想攔著妳和駙馬團聚，但是你們之前的店實在太小，妳堂堂公主住在那裡像什麼話？這傳出去，世人還不得說孤虧待了妳？」

李姝色連忙搖頭。「沒有這回事。」

皇帝乘機說：「妳可否等些時日，等公主府修繕好，妳再和駙馬搬進去？」

在旁的李琸睿和葉菁眉對視一眼，心道：皇帝這招妙啊！修繕府邸修個一年半載都是有的，這對小夫妻豈不是要跟牛郎織女般找時間在鵲橋相見？

李姝色徹底愣住了，畢竟道行太淺，被皇帝這麼一說，就不知道該怎麼辦了，求助地看向沈峭。

沈峭的心裡也跟明鏡似的，皇帝就是想讓阿色待在皇宮，不想讓她跟他回去。他眼神暗了暗，不想讓阿色左右為難，便退一步地問：「陛下，微臣想問，公主府何時能修繕好？」

對，這點很重要。

李姝色也期待地看向皇帝。「父皇，只是修繕，應該很快就可以搬進去了吧？」

皇帝先是嘆了口氣，隨後說：「那府邸實在荒廢太久，不過孤會勸他們手腳快點，還需等些時日，妳是孤疼愛的小公主，妳的公主府可馬虎不得。」

皇帝的話說得冠冕堂皇，就是不給一個準確的時間，沈峭抿著唇。

李琸睿此時摻和一腳，附和道：「父皇說得是。小妹，妳公主府的修繕，我會幫妳盯著，一定讓妳住得舒舒服服的。」

他這小半年實在是太忙，還沒有好好和小妹相處幾天，若是現在就出宮，以後再相處還不知道要等到什麼時候。

這麼可愛漂亮的妹妹，誰不放在心尖上疼？

突然收到沈峭的一個眼刀，李琸睿摸了摸鼻子，假裝沒有看見。

李姝色臉色更加為難了，她再次看向沈峭。

還沒對上他的視線，就被皇帝拉過來說：「難不成妳有了沈峭，就不要父皇、母妃了？妳母妃如此疼妳，妳難道就不想留在皇宮多陪陪她？」

一提到貴妃，李姝色就徹底沒轍了。貴妃豈止疼她，那簡直是捧在手裡怕碎，含在嘴裡怕化了。

而且，她也聽到之前的傳聞，據說貴妃承寵多年卻未有孩子，還和當年自己被偷有關，這讓李姝色更加不能惹貴妃傷心，況且她也不想。

李姝色的眼神再次不由自主地看向沈峭。

夫君啊夫君，這可怎麼辦，我既想跟你回去，也想留在宮裡啊！

大眼睛眨啊眨，可憐的樣子，讓人看了就心生憐愛，不忍苛責。沈峭心中嘆口氣，真是冤孽！

他朝李姝色搖了搖頭。

李姝色立刻回道：「不是的，父皇，兒臣願意留在宮裡陪你們的。」

皇帝這才得意地看向沈峭。「駙馬覺得如何？」

沈峭只能回答。「一切聽陛下和公主的。」

算這小子識相！

皇帝滿意地點頭。許是知道李姝色不會隨沈峭回去，於是痛快地放她送沈峭出宮。

他不想讓她走路勞累，還特地傳了轎輦，放她走時，還別有深意地看了沈峭一眼，意思是「你可別想把孤的閨女拐跑」。

沈峭直接牽起李姝色的手，當作無聲的回擊。

上了轎輦後，李姝色便迫不及待地撲進沈峭的胸膛，鼻息間全是他的氣息，她貪婪地呼吸著，撒嬌地喊：「夫君，夫君……」

這一聲聲夫君簡直快要把沈峭的心給融化了，他緊緊擁著她，這刻所有思念全部幻化成實體，就是懷裡的她。

這些日子，他只有心裡想著正事，想著太子的大事，才能讓自己不去想她。可是每當夜深人靜，輾轉反側、孤枕難眠的時候，那股白天裡壓抑的蝕骨思念就會洶湧反撲，幾乎將他整個人淹沒。

沈峭啞聲道：「阿色。」

好想不顧一切，就這麼帶著她逃離。

可是不能，這裡也是阿色的家，有她的父皇，有她的母妃，他們和他一般，都是阿色割捨不下的人。

李姝色微微推開沈峭的身子，隨後抬起下巴，輕柔地印上去。

與她溫柔動作不同的是，他的回應。

他伸手扣住她的腦袋，不容她有半分拒絕餘地的攻城掠地，凶猛而強勢，李姝色幾乎要招架不住。

不知道過了多久，他才戀戀不捨地放開她的唇。

李姝色雙眼起了層水霧，模糊不清地看著他，眼神迷離。

沈峭深吸一口氣，撫上她的唇，啞聲道：「真想把妳偷回去。」

李姝色發出一聲疑惑。「嗯？」

沈峭的語氣更加沙啞。「關起來，不讓任何人瞧見。」

然而，他的這種念頭剛起，轎子外就傳來宮人們行禮的聲音。「貴妃娘娘安好。」

沈峭旋即愣住。

李姝色頓時羞紅了臉，輕輕推開他，像犯錯的孩子般擦了擦嘴，整了整衣領。

「阿色，妳在轎子裡嗎？」貴妃明知故問。

李姝色輕咳一聲。「在的，母妃，我這就出來。」隨後看了一眼沈峭後，才緩緩從轎子裡出去。

沈峭隨後也下了轎子。

貴妃的眼神在他們之間掃過，裝作沒有看見李姝色略顯紅腫的唇，拉著她的手說：「聽陛下說，妳要去送駙馬。就只是到宮門口，駙馬可自行回去，妳不用掛心。」隨後，笑咪咪地看向沈峭。「是吧，駙馬？」

貴妃的意圖根本毫不掩飾，她就是怕小公主就這麼隨沈峭走了。

她不是不肯放人，只是她還有好多話還沒有和小公主說，也不肯讓小公主回到那個小店裡。

小公主就應該住在公主府嬌貴地養著。

沈峭只能應聲說：「是。」

貴妃有些滿意地朝沈峭點了下頭，隨後拉著李姝色的手說：「阿色，我們回去吧，母妃為妳準備了妳愛吃的棗泥山藥糕，還有妳愛吃的燕窩，澆了層牛乳，味道最好了。」

李姝色倒不是饞那口吃的，但剛剛跑了好久的路，現在有些餓了，點點頭說：「嗯，母妃我們回去吧。」

看到李姝色因為一口吃的就被勾走，沈峭無奈地彎了彎唇。

真是沒心沒肺啊。

皇后被幽禁在景仁宮，雖不在冷宮，卻似在冷宮。

貴妃代為執掌鳳印，又有協理六宮之權，儼然是後宮第一人，而李姝色作為貴妃的獨生女，有眼力的人都知道該拿什麼態度來對待她。

可以說，陛下和貴妃都寵著呢，她在後宮橫著走都行。

原先眾人還有些擔憂，真正的小公主會不會蠻橫霸道，但是這半年相處下來，發現她其實挺好說話的，一點架子都沒有，整天被寵得毫無煩惱、笑呵呵的模樣。

剛回宮那會兒，有人還心道，貴妃之前親自去接人，結果接回一個假公主，誰知道這次是不是真的，若又是個假的呢？

但那些有疑慮的人看見李姝色的面容後，就知道自己多慮了。她們這對母女走在路上，路過的人一眼就會看出她們肯定是親母女。

當然了，貴妃年輕，說是親姊妹也不為過。

貴妃一路攥著李姝色的手，手心出了汗，都捨不得放開，好似這一放開她就會離開般。

李姝色任由貴妃握著，也沒有收回手，她這次出宮的試探最終以失敗告終。

首先父皇那一關就沒有過，更別談母妃這邊了。剛到宮門口，還沒和沈峭好好告別，就被母妃逮個正著，立馬就被帶回來了。

她如今感受到被父母寵成公主是什麼滋味，而她還真的是一個公主。

直到走入殿內，貴妃才放開她的手說：「阿色，妳累不累，要不要先喝茶？我瞧妳上次多喝了兩口雨前龍井，我再讓人給妳備上。」

李姝色聞言，輕輕地點點頭。「嗯，母妃，我想喝了。」

「好！」貴妃的樣子看起來很高興。

她滿心滿眼就是恨不得把全天下最好的東西拿到愛女面前。

李姝色坐定後，捧著茶，吃著糕點，又嚐了嚐燕窩，不經意間抬眸，就對上貴妃灼熱的視線。

貴妃看著她吃，就心滿意足的樣子，彷彿比自己吃還要高興，眼裡的亮光藏都藏不住。見她停下，忙問道：「阿色，怎麼不吃了，不合胃口嗎？」

永壽宮的吃食自然是後宮裡最好的，這裡有獨立的小廚房，做的吃食連御膳房都比不上。

李姝色當然不是因為這個，搖了搖頭道：「母妃，父皇說準備了公主府給我，我想找個時間去看看。」

「哦，」貴妃想了想，說：「本來陛下和我是打算給妳個驚喜的，不過妳現在知道也好，畢竟不知道工匠們修繕得合不合妳的心意，妳親自去看了，按照妳的喜好來做才好。」

不是按照公主規制來做，是按照她的喜好來做，宮裡只有貴妃有底氣說這話了。

李姝色揚唇。「謝謝母妃。」

貴妃忙道：「妳這孩子，怎麼跟母妃還說謝謝？以後再說謝謝二字，母妃可就要生氣了！」

李姝色聞言，吐了吐舌頭，撒嬌道：「母妃，您別生氣，我就是客氣客氣。」

貴妃瞋怪地看她一眼。「妳呀。」

等李姝色吃得差不多了，貴妃問：「妳身邊伺候的人感覺如何？遙祝、翠珠伺候妳還習慣嗎？」

貴妃自然是不放心別人伺候她，所以就把自己的貼身宮女翠珠安排給她，還有就是遙祝。

本來，遙祝之前跟過張素素，她有些介意，但後來聽貴妃說，遙祝在揭發張素素和信王私通一事立了大功。他這個人其實就是實誠，只忠於小公主，如今她是小公主，當然只會忠於她。還說，她讓他做什麼事都會去做，他連眉頭都不會皺一下。

李姝色剛開始還有些不信，還問：「難道讓他刺自己一刀，他也會照做嗎？」

話音剛落，她耳邊就傳來「噗」的一聲，看到遙祝在聽見她說的話後，毫不猶豫地拔刀捅向自己的大腿，真的連眉頭都不皺的。

這可把李姝色嚇壞了，她只是隨便說說，真沒讓他刺傷自己的意思。

她讓他不要跪了，趕緊起來去包紮傷口，他也不聽，只說如果她不收下他，就長跪不起，血流而亡。

他骨子裡有近乎瘋狂的偏執，小公主是他這輩子活著的意義。

李姝色實在沒辦法，也不可能眼睜睜地看著他流血死掉，便收下了他。

她向貴妃回道：「習慣。翠珠是母妃的人，自然是好的。至於遙祝……」她頓了下，接著道：「也是好的。」

許是之前那一刀，讓遙祝察覺到她是十分心軟的人，所以每當她把事情交給翠珠做的時候，他的酸話就開始了。

先是說，翠竹姑姑伺候她盡心盡力，他自然是比不上的；隨後緊接著又道，但是翠竹姑姑事情多，恐分身乏術，不盡周全；最後雙眼就略顯可憐地看著她說，若是她覺得他無能，儘管把他趕出去便是，他不會出現在她面前礙眼。

本就長得一張雌雄難辨的臉，賣慘的樣子實在讓她說不出苛責的話，只能聽之任之，他想要幹麼，就讓他去做。

也許是吃定了她心軟又顏控這點，遙祝賣起慘來更加得心應手，但平時就規規矩矩地守在她身邊，也不多話。在鎮北王的人作亂時，他更是當仁不讓地擋在她跟前，對她說公主別怕，無論出什麼事，他都會拚死保護她。

雖然父皇籌謀得當，鎮北王的人沒能殺進皇宮，但是遙祝那刻表現出來為她視死如歸的模樣，還是讓她動容，他是真心想要守護她。

聽到李姝色說兩人伺候得好，貴妃就放心了，便說：「等妳搬進公主府，就把這兩個人帶上，母妃到時候再替妳精心挑選一批人，妳儘管放心。」

皇帝和貴妃為她安排好一切，她什麼事都不用操心。她以前事事為自己操心慣了，如今突然不用自己操心，還真有些不習慣。

李姝色道：「都聽母妃的。」

李琸睿初次見到李姝色的時候就有股強烈的感覺，她就是他的妹妹。但是奈何名字對不上，因公主名叫張素素；再次見面，只覺得這個小妹妹有些機靈乖巧，很想揉揉她的腦袋，拿著糖葫蘆逗她玩；之後再聽到她的名字，就知道是她撿到了黑盒子。

他當時只覺得與她可真是有緣分，沒想到緣分不止於此，他們竟是真兄妹。

當世子與他說了調查的真相後，說不驚訝是假的，但更多的是驚喜。

因著皇后的緣故，他對清瑤親近不起來，對其他妹妹也沒有什麼感情，如今多了個妹妹，還是合他心意的妹妹，他如何能不高興？

而且，菁眉也喜歡她，她們相處得跟親姊妹似的，哦，不對，應該說是好姑嫂似的。

李姝色的公主府剛定下不久時，李琸睿百忙之中還去看了下，看完之後，覺得是個好地方，主要離皇宮近，而且離他的太子府也近，這才滿意地點了頭。

身旁伺候的人覺得奇怪，太子都不把太子府放在心上，怎麼還特地過來瞧公主府，瞧完還不夠，又讓人去算風水？

可見啊，太子是真的把小公主放在心上。

李埠睿忙了這些天，終於手臂上的傷口好了些，又關心地詢問公主府的修繕進度，拿了府邸設計圖就往永壽宮走去。

李姝色感覺自己在宮裡，就像是一隻豬養著，每天不是吃、就是睡，要麼就是逛園子、撲蝴蝶，如今入了秋，連蝴蝶都少見了。

好在她想到了麻將，忙不迭地讓宮人準備了一副麻將，之後教了幾個宮人打麻將，否則漫漫長日，很無聊。

麻將打累了，她就畫設計圖，讓人帶出宮送到雲裳成衣店。現在雲裳成衣店被小蘭、小玉打理得不錯，即使她不在，她們也能應付。其實當時她在牢裡的時候，她們兩個就已經逐漸上手，所以李姝色對她們很是放心。

每次畫設計圖的時候，她就控制不住地想到沈峭，畢竟沈峭是她的第一個模特兒，還給她提供了不少靈感，畢竟他的那張臉即使只是看著，也很養眼。

李姝色安慰自己，快了，等公主府修繕好，他們就可以住在一起，再也不分離了。

正想著，翠珠走了進來，對她說：「公主，太子來了。」

李姝色有些驚喜。「太子哥哥來啦。」說著，擱下筆，往前殿走去。

李埠睿傷了手臂，李姝色派人送過藥給他，雖然知道他不缺這點藥，但這是她這個妹妹對哥哥的心意。

她想到，她在牢裡的時候，是他想辦法讓她少受點苦，也是他將魯國公的罪證交到大皇子手上。若沒有她這事，恐怕他不會這麼早出手，還會籌謀得更加完美。

看似他大獲全勝，但是這全勝背後的心酸和殫精竭慮又有誰知道？

連沈峭在大皇子倒下的時候，都憂愁得睡不著覺，她一翻身，他都能被驚醒，可見他們走的路，步步都是險境。

李姝色看到李琸睿的身影，走過去喊道：「太子哥哥，你今日怎麼得空來看我？」

他成為太子後，就開始替父皇分擔國事。

李琸睿回道：「妳進宮這麼久了，我都沒能帶妳好好玩，我這個當哥哥的可一直記在心裡呢。」

提到玩，她是開心的，但是在宮裡也沒什麼好玩的，就興致缺缺地道：「我又不是小孩子，不會整天想著玩，況且皇宮也沒什麼好玩的，我都玩膩了。」

李琸睿聽到她這抱怨的口氣，笑道：「誰說要在皇宮了？」

李姝色眼睛一亮，難不成要出宮？

李琸睿也不隱瞞地晃了晃手裡的圖紙說：「我藉著帶妳去看公主府的名義，帶妳出宮玩，好不好？」

李姝色聞言，眼睛一亮，大喜道：「好！哥哥最好了！」

「這就好了？」李琸睿笑呵呵地看著她。「更好的在後面，阿色，有人在宮外等妳。」

還有誰會在宮外等她？那自然是——沈峭！

李姝色激動得快要跳起來了，連忙拉著李琸睿的手臂說：「快！太子哥哥，我們出宮去吧！」

第七十九章　憐愛

李琸睿一向知道她聰慧，聽到他說宮外有人在等她，就知道是沈峭，所以喜形於色，眼中的期待藏都藏不住。

鎮北王的事前些天收尾完，沈峭就在他身旁晃來晃去，欲言又止的樣子。看到他和菁眉在一起的時候，沈峭的臉色立刻變得古怪、幽怨，當著他們的面嘆息出聲，還矯情地道了句「只羨鴛鴦不羨仙」。

李琸睿看出他的用意，沈峭知道從父皇、貴妃那裡無法下手，於是從他這裡下手。他即使不能讓阿色搬出皇宮，但是時不時帶她出宮還是可以的。

他讀懂他的意思後，還晾了這個妹婿一段時間，畢竟自家妹妹這麼小就被他給騙到手了，他這分明是得了便宜還賣乖！

晾了一段時間後，沈峭忍不住了直接明說，要怎麼樣他才肯將阿色帶出宮見他一面。

李琸睿也不隱瞞，直接問他。「你有沒有覺得身為太子，身邊還缺少個太子妃？」

沈峭面無表情地開口。「葉將軍溫婉賢慧、知書達禮，與太子乃是絕配。」

雖然聽著是誇人的話，但是從他嘴裡說出來就是那麼的不對味，李琸睿也沒和他計較。

「那我的婚事就由你向父皇提議可好？」

沈峭嘴角動了下，隨後才應道：「定不負太子所託。」

得了他的保證後，李琸睿才著手帶李姝色出宮的事。

別看哥哥帶妹妹出去玩是天經地義的事，但是在父皇、貴妃跟前根本行不通，你將人隨便帶出宮就是不行，只能打著出宮看公主府的名義。

也不知道父皇、貴妃兩人到底在堅持什麼，早晚有一天小妹還是要出宮的，況且小妹已經嫁人，小倆口分隔兩地，也不是長久之計。

不過心裡吐槽歸吐槽，他可不敢當著父皇、貴妃的面說出來，說不定還會被罵一頓，說他胳膊肘往外撇，撇到妹婿那裡去了。

李琸睿將事情和貴妃說了後，貴妃難得痛快地答應了，只是讓李姝色早去早回，不要誤了宮門下鑰的時間。

李姝色也很痛快地應了。

剛出永壽宮的宮門，迎面就碰上面容憔悴的清瑤，李姝色是妹妹，率先打招呼禮貌地道：「皇姊，妳怎麼過來了？」

清瑤先是喊了聲「太子哥哥」，隨後看向他們問：「你們這是要出宮？」

李姝色看著她，有些驚訝地點頭。「是啊，打算出宮去看看我的公主府。」

清瑤怎麼一眼就猜出來了？李姝色還真有些好奇。

還沒等她問出口，誰知清瑤下一句就說：「我與你們一同出宮吧。」

李姝色聞言，沒有立即答應，而是看向李琸睿。

清瑤的眼睛也看向李琸睿，懇求道：「我過來也是想向貴妃說，我要出宮一趟。太子哥哥，你們就帶上我吧。」

現在後宮是貴妃在管理，所以清瑤跟貴妃打聲招呼也無可厚非，巧的是碰上也要出宮的他們。

其實帶不帶清瑤，李姝色都無所謂，她就只是想要見沈峭而已，況且他們已經成親，夫妻見面天經地義，她也不用怕別的。

那日，貴妃看見她的唇，不也沒說什麼？

不過，清瑤當初買了好多雲裳的衣服，兩個人也算是互相禮遇。她待她雖然沒有說像親姊妹那般，但兩個人向來是井水不犯河水，所以她沒有發表意見，任憑李琸睿決定。

清瑤見李琸睿不說話，忙又說：「太子哥哥，我真的想要出宮一趟，你就帶我出去好不好？」

本來，李姝色還疑惑清瑤要出宮，她自己帶人便是，為什麼非要李琸睿帶她出去？

如今想來，怕是有貓膩。

能夠讓清瑤這麼請求李琸睿帶她出宮的，恐怕只有一個理由。

李姝色心中了然。

自從鎮北王被關後，皇帝念及當年縱馬殺敵的舊情，並沒有賜死他，也沒有殺盡鎮北王府的人。

只是將鎮北王囚禁一輩子，削去他的世襲王位，貶為庶人。而被牽連的世子，也一下子從京城風頭無二的世家子跌為平民蘇紹元，父親還是謀逆的罪人，他這個天之驕子恐怕要嚐嚐跌入泥中是什麼滋味了。

如李姝色所料想得那樣，清瑤出宮就是為了見蘇紹元。如今他已不住在之前的鎮北王府，而是搬去了西街的蘇府，據說閉門謝客，已經有好些日子沒有出過門了。

李姝色在公主府前下了馬車，在車上的時候，清瑤就迫不及待地跟李琸睿說了自己的請求，想要他帶著她去見蘇紹元一面，李琸睿答應了。

於是，等李姝色下馬車後，李琸睿說：「妳要見的人就在裡面，妳乖乖等著我來接妳，不要亂跑。」

她又不是三歲小孩，怎麼會亂跑？

李姝色心裡暗哼，嘴巴卻很乖地應道：「知道了，哥哥，我會等著你來接我的。」

她這次出宮，沒有帶遙祝跟翠珠，為的就是跟沈峭能夠有兩個人的獨處時間。

李琸睿看她迫不及待的樣子，心道還真是女大不中留啊！

等馬車離開後，李姝色就忙不迭地走到公主府前，推開了門。

沒承想，這裡十分安靜，她還有些疑慮。

不是說父皇派了人修繕嗎？怎麼靜悄悄地，連個人影都看不見？

聽說這裡是查抄前朝重臣的府邸，哪怕荒廢了好多年，只是經過簡單地打理，原本的面貌便展露出來。

剛剛在馬車上的時候，李琸睿將府邸地形設計圖拿給她看。

她看完只有一個感覺：府邸很大，也很豪華！

可見，父皇是用心找了這宅子，連李琸睿都替她算了風水，說旺她。

李姝色往裡面走了幾步，剛剛的地形圖在她腦子裡，所以她邊走邊欣賞，待行至裡面，就發現地面更加乾淨，連碎石都少了很多，路面修得很平整。

突然她耳邊傳來刮東西的聲音，她心念一動，朝著聲源走過去，打開門往裡一瞧，看見有人正拿著木鉋在刨木頭。

那人聽到門打開的聲音，有些驚訝地轉身看向她。

四目相對下，李姝色忍不住「噗哧」笑出了聲。「夫君，怎麼多日不見，你官不做，改做木匠了？」

刨木頭的人正是沈峭，他捋起袖子，露出一截精壯的手臂，用力推鉋子的時候，手臂肌肉繃得緊緊的，明明是不太文雅的姿勢，他做著卻好像格外養眼。

他先是愣了下，而後便問：「妳怎麼來了？」

這一句話，就讓李姝色明白過來，李琸睿這次帶她來這兒就是為了給沈峭驚喜，壓根兒沒提前通知他。

不過，管他是不是驚喜，李姝色再也控制不住情緒，快走幾步奔向他，隨後伸手抱住他的腰，喃喃解釋道：「是太子哥哥帶我出宮見你的。」

沈峭放下手裡的木鉋，雙手緊緊地擁著她，有那麼一瞬間的感覺有些不真實，真正抱在懷裡的時候，才知道他並不是在作夢。

沈峭語氣低低地「哦」了聲。

「你在幹麼？」李姝色好奇地問：「父皇不是說派了人修繕這裡嗎？怎麼不見其他人？」

「我給他們放了幾天假，想親自在這裡為妳做點東西。」沈峭回她。

李姝色抬起下巴看向他，好奇地問：「做什麼？」

之前沈峭就為李姝色雕刻過一支木簪，他也是在那時發現自己好像有木匠這方面的天賦，於是想要親自動手為他們的家做點東西。

他幹活的時候，喜歡清靜，不喜歡外人打擾他，於是就讓工匠們休假，好安安靜靜地做自己的事情。

聽到李姝色問他在做什麼，沈峭也不隱瞞地回答。「床。」

「啊？」李姝色完全震驚了，沒想到他居然還有這手藝！

下一秒，她就雙眼發光地讚嘆。「夫君好厲害！夫君居然還會做床，真的是太厲害了！」

從前，她就喜歡誇他，現在也沒變。

反正他很受用就是了，試問哪個男人被自己心愛的人用崇拜的目光看著，能夠把持得住？

他不知道其他地方厲不厲害，但是這床，他得做得結實。

沈峭心動地挑起李姝色的下巴，微微抬高，隨後低頭吻了上去。

多日不見，思念之情越發濃烈，四下無人，只有一對鴛鴦。

吻得難捨難分，李姝色踮起腳尖，手臂勾著他的脖子，若不是他扶著她的腰，幾乎要站立不住。

兩人身體貼得很緊，沈峭的手從她腰間滑落，慢慢往下移動。

李姝色深呼吸兩口，美眸像是蒙上了層水霧，鼻尖、嘴角微紅，瞧著好不可憐。

對上沈峭興味的視線，她伸手惱怒地捶在他的胸膛上，嗔罵道：「夫君，你壞！」

他的指尖有些濕意，不甚在意地用她隨身帶的帕子擦了擦，隨後啞聲道：「為夫替妳擦身子可好？」

李姝色羞赧地咬著下唇，幾不可察地點了下頭。

沈峭愛憐地吻了吻她的唇，哄道：「為夫可還沒把妳怎麼了。」

李姝色不是不懂人事，嘟著嘴巴不說話，只不滿地哼了聲。

沈峭看在眼裡，心裡更是一團火熱。

她真的是哪兒都可愛，無論表情、動作，他都憐愛不已，特別是不堪承受時咬著下唇的模樣，更是百看不厭，真想再欺負她一次。

心裡這麼想著，沈峭也是這麼行動的。

李姝色終於察覺到不對勁。

他，這個騙子！說好只是替她擦身子的！

第八十章　盼團聚

清瑤站在蘇府門口，站了半天，仍是沒有上前敲門。

還是李琸睿嘆了口氣，替她敲了門。

鎮北王府敗落後，蘇紹元便遣散所有僕人，身邊就只有老管家不離不棄。

開門的人正是老管家，打開門一瞧，看到兩位貴客，神態恭敬地道：「太子，公主，你們是來找公子的嗎？」

「嗯，」清瑤道：「元哥哥在家嗎？」

「在的。」老管家道：「請隨我進來吧。」

蘇府比起鎮北王府小了不止一倍，陳設布局更是普通，完全沒有點精緻模樣，清瑤一走進去就皺起眉頭。

元哥哥就是住在這鬼地方嗎？

其實蘇紹元不是沒錢住好一點的宅子，只不過他爹是叛臣，若是他再大張旗鼓地買房，他本就有名，豈不是更加惹眼，是嫌死得太慢嗎？

老管家領著他們來到他房門前，敲了敲門道：「公子，有貴客來找您。」

裡面傳來蘇紹元略顯沙啞的低吼聲。「不見。」

自從鎮北王被抓那日後，李琸睿就沒有見過蘇紹元，兩個人始終是要避嫌。

當老管家有些為難地扭頭看向他們的時候，李琸睿揚聲說：「阿元，是我。」

「不知太子駕到，」蘇紹元低聲爽朗一笑道：「有失遠迎。」

李琸睿二話不說，直接動手推開了門，隨後看了眼想跟他一起進去的清瑤說：「妳先等著，我跟他說幾句話。」隨後，也不等她答應，就直接轉身把門關上。

清瑤有些焦急地在原地跺了下腳。

李琸睿一進房就聞到濃重的酒味，地上的酒瓶七零八落地散落著，蘇紹元正慵懶地坐在地上倚靠著床沿，鬍子拉碴，哪還有當初那個風流肆意的世子模樣？

蘇紹元眼皮一掀，看到他也不意外，輕笑了句。「你來啦。恭喜你，當上太子了，得償所願。」

蘇紹元一直都知道李琸睿的畢生所求，當時看著大皇子扳倒魯國公以及後來又扳倒信王的時候，他們還在同一戰線上。

不知道從什麼時候開始，他就掉隊了。

他父親瞞著他，李琸睿也瞞著他，他就這樣被蒙在鼓裡，看著他們相鬥，最終成了這副模樣。

其實，他能理解，他父親瞞著他，無非是想要留一手，若是失敗，還能保住他一命。

他也理解，李琸睿瞞著他，是因為不知道他的選擇，不知道他會選擇他的父親還是他，索性就閉口不言。

他捫心自問，若是李琸睿告訴了他，他會選擇誰？

一方是從小玩到大的生死之交，一方是自己的父親，從未苛責過他，給予他所有的父愛。

若是真到那種地步，他還真不知道怎麼選了。

其實，蘇紹元不知道的是，原著中他最終還是選擇了勝算較大的李琸睿，條件是希望他能夠保住他父親一命。

這輩子因為有沈峭的幫助，李琸睿有了新的幫手，所以才會選擇隱瞞他。

而他的父親能夠被保住一命，這其中除了皇帝顧念舊情外，自然也有李琸睿求情的緣故。

李琸睿看著原本意氣風發的人，變成如今的頹廢模樣，開口問：「你還要頹廢到什麼時候？」

「什麼時候？」蘇紹元又往嘴巴裡灌了口酒道：「叛臣之子，有什麼資格出現在眾人面前？」

「清瑤很擔心你，」李琸睿頓了下，又說：「菁眉也是。」

聽到菁眉二字，蘇紹元灌酒的動作頓了下，隨後又繼續喝，沒有說話。

「雖然你成了平民，但是你滿腹經綸，還可以透過科舉出仕。至少父皇沒有將你這條路給堵死。如果你一直這麼沈淪下去，就當我沒有來過，此後你也沒機會再見到我們。」李琸睿語氣冰冷地道。

他說的是「我們」，自然是指他和葉菁眉。

如果蘇紹元一直窩在這裡，那麼他們這輩子大概不會再遇見。

所以，李琸睿才會有此一說。

蘇紹元擦了把嘴邊的酒漬，冷哼道：「陛下不可能讓我當官的。」

李琸睿卻道：「他不能，我能。」

一朝天子一朝臣，這個道理李琸睿懂，蘇紹元自然也懂。

蘇紹元有些愣怔地看向他。

李琸睿則輕描淡寫地看了他一眼，隨後轉身離開了。

就在這時，蘇紹元突然揚聲道：「要一輩子對她好！」

這個「她」，不言而喻。

李琸睿沒有回頭，鄭重地吐出兩個字。「自然。」

李琸睿出來後，清瑤就忙不迭地抬腳進去。

一進去看到頹坐在地上的蘇紹元，她跑過去蹲下來，心疼地為他撩開額前雜亂的頭髮說：「元哥哥，你怎麼喝了這麼多的酒？」

蘇紹元看著眼前的少女，少女清瘦了很多。

這段日子不好過的又豈止他一個，眼前的少女亦是。

嫡親的哥哥被幽禁起來，母妃被打入「冷宮」，外祖一家被流放，她的日子又比他好過到哪裡去？

沒承想，到頭來，倒是她來看他。

沒想到，她竟然比他想像得還要堅強得多。

清瑤一開始也很難接受，可是她實在沒辦法，沒辦法改變皇帝的任何一個決定，她跪過、哭過、鬧過，可是結局是什麼？什麼也不能挽回……

後來，她認命了，她就想著，母親和哥哥被幽禁一輩子，但是好歹人還活著，只要她活一天，她就可以去看他們，哪怕是帶點吃食也是好的。好在，父皇並沒有下令，不讓她去見他們。

能夠再相見，她已經很知足了。

她不是傻子，自然知道她母親和哥哥犯的罪有多嚴重，她打算一輩子不嫁人，整日吃齋唸佛替他們贖罪。

這次來見蘇紹元，大概也是最後一次，面對這個她愛了十幾年的男人，在聽到他不好的消息後，她做不到視若無睹。

她其實已經猜到，她單獨來見他，他會拒絕，所以才會在馬車裡哀求太子帶她來見他一面。

他，果然會見太子。

「清瑤，妳怎麼樣？」蘇紹元難得語氣緩和，沒有敷衍和應承，只是單純地想要關心她。

清瑤道：「我很好，父皇並沒有遷怒我。」

「那就好。」蘇紹元伸手摸了摸她的腦袋，感慨道：「成天跟在我後面的小跟屁蟲，好像突然間長大了。」

清瑤瞬間紅了眼眶。「元哥哥，我才不是跟屁蟲。」

「我知道，」他說：「清瑤可是公主。」

清瑤咬了咬下唇，啞聲道：「公主又如何？你又不肯娶。」

蘇紹元看著她，笑了。「小生一身白衣，哪裡能娶公主？」

這人，從前還是世子的時候，不屑娶她，現在成為平民，還是調侃自己配不上她。

說來說去，還不是對她沒意思，不想娶她？

清瑤抬起下巴說：「你知道就好，本公主可不是誰隨隨便便就能娶的。」

蘇紹元附和道：「是，公主說得對。」

清瑤聽完，笑出了聲，笑著笑著，眼淚就落了下來。

即使他想娶，父皇也不會把她許配給他了。

李姝色和沈峭胡鬧了兩回，身上熱度終於褪去，她推了推他的身子，低聲道：「夫君，你壓著我了。」

沈峭聞言，這才撐著雙臂從她身上爬起來。

等他起來後，李姝色正了正衣衫，以防等一下太子哥哥來接她的時候，看出異樣。

待看到沈峭將她的帕子收起來時，李姝色紅著臉哎了聲。「你還不快點把它扔了，收起來做什麼？」

「有用。」沈峭回了她意味深長的兩個字。

李姝色立馬轉移話題道：「公主府還有多久可以修好？」

「快則兩個月，長則……」沈峭頓了下，繼續說：「看陛下的意思。」

李姝色明白他的話，如果父皇不肯放人，這修繕工作拖個好幾年都有可能。

她看著沈峭有些憋屈的樣子，忍不住用嘴唇碰了碰他的唇角，安慰道：「我會很快搬出宮的。」

他哪裡不知道她的意思，只是無奈地摸了摸她的頭髮，嘆一聲。「若是妳時常有這般出宮的機會，我也是願意等的。」

正所謂，小別勝新婚，距離產生美。有段時間沒有相見，兩個人比之前更加親密了。

李姝色樂出了聲。「那還得看太子哥哥肯不肯配合。」

沈峭臉色倏地沈了下來。

李姝色又道：「也不是不行，我多求求他不就好了？」

「妳求他？」沈峭撇了撇嘴。「還不如去跟葉菁眉說。」

好像也不是不行，李姝色眼睛一亮，道：「好主意，今後我就找機會跟眉姊姊說，相信她會幫助我的。」

沈峭勾唇，抱住她的身子，在她耳邊說：「阿色，雖然知道妳在皇宮裡一切都好，但我還是想問問，妳真的什麼都好？」

李姝色幸福地點點頭。「嗯，父皇、母妃都很寵我，你放心。」

那是真寵，京城裡誰不知道小公主回歸後，貴妃整天圍著小公主轉，晚上還要拉著小公主睡，讓陛下吃了好幾回閉門羹。

這樣的話，沈峭聽一萬次都覺得不夠，雖然知道她在宮裡過得好，但又怕她覺得哪裡都好，沒了他也成，這樣他可就真成望「妻」石了。

他沈聲道：「沒有為夫在身邊，也覺得好？」

李姝色知道他這是又吃味了，忙擁得他更緊一些說：「不是，有夫君在身邊自然是最好的。我雖然身在皇宮，心卻在夫君這裡，整天盼著和夫君早日團聚。」

她這一段癡心表白，沈峭聽著眉間微動，嘴角不自主揚起。

他在她耳邊低聲說：「為夫知道了。」

第八十一章 吃味

李姝色進宮這麼長時間，真心覺得哪兒都好。貴妃前不久晉升成皇后，她的封號也隨之定了，華陽公主。

按理說，公主府已經修繕好，她可以搬進去了，但是奈何父皇、母后不放人，她每每對上母后的眼睛，就忍不住心軟答應，繼續留在宮裡陪她。而且，父皇也疼她疼到骨子裡，她實在不想看到他們傷心的眼神。

即使暫時不能搬出去，但是能出宮的話，她還是要出宮的。

上次在公主府相聚，沈峭告訴她可以求葉菁眉，由她去說情，讓太子常帶她出宮玩。

這個提議，她覺得不錯。因為，菁眉姊也疼她。

哦，現在菁眉姊已經是太子妃了。

據說，還是沈峭提議太子已到了娶妻的年紀，太子乘機求皇帝賜婚，兩個人這才喜結連理。

他們成親那日，婚禮辦得很盛大。李姝色作為太子的妹妹，自然參加了婚宴。

葉菁眉穿著紅色嫁衣，由太子牽著跨過火盆，拜堂成親。

李姝色全程眼睛都不眨地看著，覺得好不熱鬧。又在自己的記憶扒拉出，當初她嫁給沈峭時的場景。

那個時候，原主雖然跋扈，但就是一個被寵壞的孩子，畢竟還沒有做惡事，又遭遇名聲被毀，沈峭當時願意娶她就是救了她。

她那日穿了一件半新不舊的紅色嫁衣，蓋著樸素的紅色蓋頭，在沈父、沈母面前拜了天地，夫妻對拜後這禮也就成了，可簡化不少。

等新人被送入洞房後，趁著皇帝、皇后與賓客對飲的時間，李姝色悄悄離開他們身邊，行至太子府後花園，月光下一抹高挑的身影正在等著她。

她的一顆心狂跳不止，立馬小跑兩步上前，伸手從背後擁住了他，軟聲道：「夫君，好久不見。」

沈峭無奈地轉身，把她擁入懷裡，無奈開口。「這世間哪有像我們這般，個把月才見一次面的。」

他似乎是喝了點酒，白皙面容暈出點醉意的微紅，桃花眼瀲灩有光，好看得不像話。

李姝色忙踮起腳尖，輕輕吻在他的唇上，討好地說：「親親夫君，親親你就不生氣了。」

「為夫不生氣。」他道：「為夫只是太想妳了。」

嗚，她其實也好想他。

她剛要開口說些什麼，突然間身後響起一道突兀的女聲。「呀！」

聲音不大，卻打破了後花園的寂靜。

李姝色立馬有些害羞地放開沈峭，轉頭往後面看去。

是一位俏生生的小姑娘，看起來年紀不大，卻模樣出眾，她捏著手中的帕子，不知所措的樣子。

還沒等她開口，小姑娘就說：「沈大人，你怎麼在這裡？」

李姝色看著小姑娘，有些狐疑地瞇了瞇眼睛。這小姑娘一開口就是沈大人，看來是認識沈峭了。

但是，她不認識她，突然間心裡就有些不舒服了。

她知道，他們分開有一段時間了，沈峭在這段時間裡接觸了什麼人，她全然不知，所以這個小姑娘認識沈峭也不算意外。

但不是意外的意外，才更加讓人意外。

她一直都知道沈峭是狀元郎，風姿出眾，聞名京城，又是寒門出身，引得不少名門閨秀芳心暗許。

她還聽說，因著她進宮許久，外面都在傳言，皇帝有意讓他們分開，各自婚嫁，不再相干。

雖然不知道這些謠言的源頭是哪裡，但有人卻相信了。

有人就曾向沈峭真情告白，不管他有沒有和公主和離，她都願意等他，等他能夠娶她的那天。

她原本是當個笑話聽的，但是現在她不得不重視這謠言了。

這些念頭在李姝色腦中轉過，不過轉頭的工夫，她就笑意盈盈地問：「夫君，你與這位小姐認識？」

沈峭點了點頭。他從不說謊。

而那位小姐像是恍然驚覺她在旁邊，忙行禮道：「臣女姚婉參見華陽公主。」

「免禮。」李姝色臉上笑意不變。「今日是太子哥哥的婚禮，姚小姐不必如此拘束。」

姓姚，巧了，傳聞中說等沈峭和離的那位姑娘，當時她打聽了，也是姓姚。

不會就是眼前這位吧？

想到這裡，李姝色回頭，瞪了沈峭一眼。

好啊，這才多久，他居然就勾搭上一個姑娘？

沈峭被她這一眼瞪得有些莫名，隨後摟著她的腰，對姚婉說：「姚小姐是來賞花的吧？我與公主就先走一步。」

李姝色還沒有反應過來，就被他摟著腰帶離了後花園。

一離開後花園，李姝色就有些生氣了，拉開他摟在腰間的手，有些不滿地道：「你躲著人家做什麼？」

「躲？」沈峭只是覺得那個地方有人打擾，他想要重新找個地方和她說話罷了。

「哼，」他這反應在李姝色眼中，就是明知故問，更加氣了。「人家都等著你和離了，還說不是在躲著人家？」

沈峭這才知道李姝色是吃醋了，忍俊不禁。「妳認錯人了，說這句話的不是她，是她的妹妹。」

重點是這個嗎？

她瞪著他。「敢情是姊姊入不了夫君的眼。她妹妹長什麼樣子？想必是十分好看吧，這才讓夫君記在心上。」

她這話就是在明晃晃地吃醋了。

沈峭立馬哄著人。「沒有的事，我連她妹妹鼻子、眼睛都記不清。再說了，這世間還有比娘子更好看的人嗎？依為夫看，是沒有了。」

李姝色努力壓下彎起的嘴角，想不到他哄起人來，也是一套一套的，再配上他這深沈且帶有幾分醉意的嗓音，聽了簡直渾身都酥麻。

她努了努嘴巴。「可是我看剛剛那姑娘的眼睛，可是盯著夫君看，都不捨得移開呢。」

「是嗎？」他皺了下眉。「為夫沒有注意，為夫的眼睛只落在娘子身上，也只要娘子的眼睛落在為夫身上，再也移不開。」

他怎麼突然變得這麼會撩撥，不會是喝了酒的緣故吧？

她輕抬起下巴，剛要看他是不是酒精上頭。他悶不作聲，突然俯身吻了上來。

李姝色悶哼出聲，但是很快被他掐住腰，在一層又一層的猛浪中，迷失自我……

李姝色掰了掰手指頭數數，自上次一別，如今又有小半個月沒見了。

菁眉姊要進宮請安，她可以去求求菁眉姊，讓太子哥哥帶她出宮，去她的公主府，再和沈峭相聚。

菁眉姊進宮，見過父皇和母后之後，就來了她這兒。

一開口就是八卦，把李姝色給震住了。

「阿色，妳知道嗎？姚家姊妹昨天為了妳家沈峭差點打起來，鬧出不小的笑話。」

李姝色悶在宮裡，還真的沒有這等八卦，忙問怎麼回事。

原來是妹妹喜歡沈峭，還揚言願意等沈峭與公主和離，現在姊姊也摻和一腳，說願意與妹妹共侍一夫，也不失為一段佳話。

沈峭狀元郎的風頭本就還沒有過去，如今又和姚家姊妹摻和在一起，大街小巷居然都有他們的話本，他還落得個風流肆意的名聲。

李姝色一字不差地聽了，聽完就笑了。「沈峭連姚家姊妹鼻子、眼睛都沒有記清楚，即使與我和離，也不會娶她們的。」

況且，他們是不會和離的。

聽她這麼篤定，新婚的葉菁眉深有同感地道：「看來作為正房，這點底氣還是有的。」

李姝色打趣她。「又沒有人塞妾室給太子哥哥。菁眉姊妳放心，太子哥哥心裡只有妳一人。」

原著中，李琸睿的身旁確實自始至終只有葉菁眉一人。

葉菁眉微紅著臉說：「好啊，妳這丫頭，仗著成親比我早，就打趣我是吧？」

「我的好嫂子，我可不敢，我還要請嫂子幫我帶句話給太子哥哥呢！」

葉菁眉聞言，還沒等她說完，就開口道：「妳不必說了，我知道肯定是為了出宮吧？」

李姝色眼睛一亮。「是的，我的好嫂子，妳就答應我吧。」

葉菁眉看她如此可愛，忍不住伸手捏了把她的臉蛋道：「好啊，誰讓妳是我們最疼愛的小公主呢。」

很快地，太子就安排好她出宮的事，去的還是公主府。

如果這次過去，她滿意的話，估計用不了多久，她就可以搬進去了。

其實對偌大的公主府，她沒什麼不滿意的。

畢竟，連他們的床都是沈峭親手做的，她還有什麼不滿意的呢？

可是與沈峭一見面，還沒說上兩句話，他就說：「阿色，我不久要出京一段時間。」

一來，他受姚家兩姊妹流言的困擾，想著出京，流言可能會消停些；二來，他始終覺得以自己現在的身分，配上公主還欠缺些，所以他要幹正事往上爬。

而這正事就是，除良州匪患。

良州匪患捲土重來，危害一方百姓，他是時候為良州百姓做些什麼了。等他功成回京時，他就可以堂堂正正地站在皇帝面前，迎接小公主回家。

李姝色聞言，便明白他的心思，所以只能滿眼不捨地看著他。「夫君，你一個人真的可以嗎？會不會有危險？」

他道：「沒事的，太子有派人保護我，我不會上戰場，只需在幕後指揮。」

雖然聽他這麼說，她還是不捨且擔憂極了，緊緊地抱著他說：「那我等你回來，你一定要平安歸來。」

第八十二章　歸京

良州匪患捲土重來，不僅良州百姓，連帶著周圍幾個府城的百姓也受到侵害。沈峭曾身陷賊匪之手，又經歷過喪父、喪母之痛，自然對這些匪賊們無比痛恨，恨不得早日剷除。

太子的確有派人在沈峭身邊保護他，更何況這次是沈峭主動請纓，被任命為欽差大臣，他想要幹出實績，博得皇帝的認可。

所以，沈峭帶著人馬，連夜走得匆忙。

李姝色知道他會離京，然而等得到消息的時候，人已經離開了。

她心裡悵然若失，抓著翠珠的手問：「姑姑，我的平安符是不是交到他手裡了？」

翠珠道：「已經交到駙馬手裡了，公主您放心。」

說放心是不可能的，她知道他的抱負，但一想到他要去的是賊窩，還是忍不住心裡發顫。

她這每天愁容滿面的樣子，自然每個人都看在眼裡。

知女莫若母，看到她這副模樣，皇后看在眼裡、疼在心裡，每天來到她的寢殿逗她開心，還提議若是在宮裡待悶了，就出宮去玩。

原本她想要出宮是為了見沈峭，如今她即使出宮也見不到沈峭，便拒絕了，趴在皇后的膝頭上，喃喃道：「母后，我真的好想他。」

皇后伸手摸了摸她的頭，眼底泛著愛憐。「等他回來，母后就跟妳父皇說，讓妳搬去公主府與他團聚好不好？」

李姝色乖巧點頭。「嗯，都聽母后的。」

皇后前腳剛離開，後腳皇帝就過來了，來時必帶著一大堆賞賜，不要錢似地往她宮裡送，還說以後這些東西讓她一併帶到公主府去。

李姝色的庫房都堆滿了，不過公主府大，還可以繼續擺。

她讓翠珠將賞賜收入庫房後，忍不住問皇帝。「父皇，您有沈峭的消息嗎？」

皇帝看著她，也不賣關子地說：「妳放心，他一切都好。他一介書生，心中卻有如此大義，願意為了良州的百姓，以身犯險，不愧是孤看中的好駙馬！」

您之前可不是這麼說的……

李姝色努努嘴道：「兒臣想等他回來後，就搬去公主府。」

皇帝猶豫了下，有些為難地開口。「公主府有些地方還未修繕好。」

她立刻撒嬌道：「父皇別誆兒臣，公主府修繕完畢已經兩月了！」

皇帝不慌不忙地改口。「這還要看妳母后的意思。」

「母后已經同意兒臣，等沈峭回來，就讓兒臣搬進公主府。」

她這明顯是有備而來的樣子，皇帝忍不住開口道：「真是女大不中留啊。」

李姝色鼓了下嘴巴，語氣帶有小女兒的嬌嗔。「兒臣已經成親了嘛，兒臣想要跟駙馬在一起，再也不分開。」

這還是她第一次在皇帝跟前說這樣的話，將自己小女兒家的心思暴露無遺。

這一刻皇帝徹底明白了她對沈峭的心意，便點頭道：「若是孤不同意，豈不成了棒打鴛鴦？」

李姝色立馬笑著上前，挽著皇帝的手臂，撒嬌道：「就知道父皇最疼我了！」

皇帝失笑，伸手摸了摸她的腦袋。

等沈峭回京，她就搬進公主府的事定下之後，李姝色就掰著手指頭開始數沈峭回京的日子。

剿匪不是一件容易的事，當初魏忠去良州剿匪，也花了三個月的時間，如今沈峭這一去，少說也要小半年的時間。

宮裡與她年紀相仿的公主只有清瑤，還有個已經出宮嫁人的皇姊，只有在宴會上，才會見到她。

時間是治癒一切的良藥，清瑤在這些日子中逐漸恢復過來，在她心中，只要母親和哥哥都還活著，一切就在往好的方向發展。

清瑤其實很想出宮去蘇府探望蘇紹元，但是她如今在宮裡沒有什麼倚靠，想要出宮一趟還要跟皇后說，次數多了也怕惹人煩，所以她會來李姝色這裡，想著李姝色能出宮的時候，也順便帶上她。

不過如今李姝色整日宅在皇宮，沒有出宮的心思，這就讓清瑤心裡著急了。她再一次來到李姝色的宮裡。

李姝色每次見到清瑤過來，她還未開口說話，就知道她打的是什麼算盤。

無非就是想要出宮，想要去見蘇紹元，雖然很大機率還是熱臉貼冷屁股，但是架不住她樂意啊。

真誠如此，也只有蘇紹元這種鐵石心腸的人才會假裝看不到。

其實，父皇已經為清瑤物色好夫家了，清瑤這邊還沒有什麼消息，說要考慮考慮，之後就沒有下文。

李姝色在她開口前，先說：「清瑤，最近我沒出宮的打算，妳如果想要出宮的話，我可以陪妳去和母后講。」

清瑤有些失望地搖了搖頭。「其實我是打算出嫁前最後一次見他，怕自己控制不住情緒，想找個人陪我一道，想來想去這宮裡能陪我的人也只有妳了。」

雖然第一次去蘇府見蘇紹元的時候，她以為是最後一次，可是之後每次都控制不住自己，又悄悄見了他幾次，親眼看著他振作起來，如今卻是要真正告別了。

「出嫁」兩個字讓李姝色抬起了眉，有些驚訝。「妳答應了父皇提的婚事？」
清瑤點了點頭。「嗯，說起來我比妳還要大，妳都成親了，我總不能落後妳太多不是？」
這有什麼好比的？李姝色失笑。
不過，蘇紹元被她放在心上這麼多年，她真的說割捨就能割捨嗎？
她在太子的婚禮上見過蘇紹元一面，他雖然穿得低調，但是通身氣質不凡，在眾賓客中十分惹眼，那時候的他即使親眼看著心愛的女人嫁給別的男人，臉上卻依舊滿是祝福的笑意。
她覺得，那一刻蘇紹元其實已經真正地放下。
如今，也該輪到清瑤放下了。
感情的事就是這麼沒道理，有緣無分沒辦法最終走到一起，最終只能感慨一句，緣分不足啊。
李姝色見清瑤傷心，忍不住被說服，陪她一起去見蘇紹元。
這還是她第一次來蘇府，居然和她的店就隔了兩條街，地方雖有些偏，但是勝在清靜。
清瑤似乎與老管家很熟悉了，直接將她們給迎進去，還說蘇紹元正在書房裡溫書。
三年一會試，蘇紹元勢必要抓住會試的機會。
不管怎麼說，當年鎮北王謀反的時候，蘇紹元沒有參與其中，而且畢竟是皇帝從小看著長大、想要託付女兒的人，皇帝對他還是留有情面。

況且，太子也沒有放棄他。

那天太子對他說的話，他字字都聽進去了。

清瑤是獨自一人進去的，李姝色就在外面等著。

很快地，清瑤就從裡面出來，眼眶紅紅，啞著聲音對她說：「他想和妳說幾句話。」

李姝色有些驚訝，不過還是進去了。

蘇紹元一看到她，還是從前的樣子，眼神肆意風流。「真是沒良心，當初妳被冤枉入獄的時候，我可是跑前跑後，如今我落了難，妳居然一次都沒來看過我，好歹我們也曾有過婚約。」

他這一開口，李姝色就知道他這是恢復過來了，還是從前那個有些毒舌、不拘小節的世子，她笑著道：「我夫君、我哥哥和我姊姊都來看過你，可不也代表了我的心意？」

「我看啊，就是寒舍簡陋，小公主不願意踏入我這地方。」蘇紹元嘆息搖頭。

李姝色眼珠子轉了一圈，真心實意地回道：「我覺得你這地方其實挺好的，適合養老。」

她那公主府太大了，等以後她跟沈峭老了，想要買個這樣的宅子，老倆口住著也挺好，享受著最後的二人世界。

蘇紹元聞言，樂出了聲。「妳才多大年紀，怎麼就想著養老了？」

「這叫未雨綢繆，即使是年輕人，也要為養老的日子做準備啊。」李姝色如是說。

她這副口氣，倒把蘇紹元逗得不行，他心想，她哪裡需要考慮以後養老的日子，以後不知道有多少人爭搶著為她鋪路，她可是這世間最為受寵的小公主啊！

見他笑夠了，李姝色正色道：「看到你如今的樣子，其實我是為你開心的。」

如果他一蹶不振，她心裡也會覺得可惜，有多少讀者為眼前這個男配角惋惜過，只覺得他就差一步，或許最終就能抱得美人歸了！

蘇紹元也正色道：「看到妳這般，我也為妳開心。」

李姝色聽懂了他的意思，彎了彎唇。

兩人相視一笑。

從蘇府回來後不久，清瑤就出嫁了。

出嫁那天，是皇后為她主持的，清瑤抱著李姝色哭得很傷心，直到嬤嬤提醒她再哭妝就花了，才堪堪止住哭泣。

清瑤出嫁後，李姝色終於接到沈峭順利剿匪、即將歸京的消息。

她聽到消息的時候，心跳如雷，緊張得害怕漏聽任何一個字，直到翠珠將事情交代完，她才緩緩鬆了口氣。

大獲成功，有驚無險！

李姝色心中蹦出這八個字。

她忙問道：「那他什麼時候到京城？」

翠珠估算了下。「如是腳程快的話，半個月就能到京城了。」

還有半個月！

李姝色激動得在原地轉了三圈，才稍微冷靜下來道：「半個月，半個月很快的，一晃就過去了，我等得了。」

這麼久都等得了，區區半個月自然不在話下。

翠珠看她這激動模樣，忍不住打趣道：「任誰都看得出來，公主這是想駙馬了！這次駙馬回來後，公主可就安心了？」

李姝色羞赧地咬了咬下唇。「姑姑別打趣我，我的心思，滿宮的人都傳遍了。」

翠珠捂嘴，差點笑出聲。

可不是，滿宮的人，誰不知道他們這位小公主的心思？

在煎熬等待半個月後，終於，沈峭回到京城了！

第八十三章 搬家

有多久沒有見到沈峭了呢？

以至於在見到他的這一刻，眼前不受控制地起了層水霧。

沈峭也看到了她，李姝色不顧公主的矜持，快步上前，撲進他的懷裡。

她哽咽道：「你終於回來了。」

他緊緊摟著她的身子，深呼吸兩口氣。「嗯，讓娘子久等了。」

李姝色鼻息間都是他的味道，有趕路的塵土味，也有絲絲不易讓人察覺的血腥味。

她猛地抬頭，伸手緩緩摸著他的手背，緊張地看向他問：「你，有沒有受傷？」

他張了張嘴，原本還想要瞞著她，沒承想她的鼻子這麼靈敏，即使想瞞也沒有意義，便道：「小傷口，無礙。」

李姝色腦子裡閃過翠珠說的話，說沈峭設計以身犯險，而後裡應外合，這才驚險拿下賊窩。她聽得心驚肉跳，如今心中更是慌得不行，若不是大庭廣眾之下，恐怕她就要拉開沈峭的衣領，仔仔細細地把他裡外看個遍。

霎時，她紅了眼眶。

李姝色身後的遙祝忍不住上前道：「公主，駙馬剛回宮，按理說要先去向陛下述職，來日方長，您何不再等等駙馬？」

李姝色也知道正事為重，眼睛裡的淚水打了個轉。「你先去父皇那兒，我在宮裡等你。」

沈峭點點頭，應了聲「好」。

等沈峭一離開，李姝色就立馬問遙祝。「駙馬他哪裡受了傷？」

翠珠聽到的都是大家熟知的，但是裡面具體發生的事，可能遙祝會知道得更多。

遙祝看了她一眼，好像猶豫著要不要說。

李姝色急道：「你快說呀！」

遙祝這才一五一十地全部交代。

原來，沈峭為了擊垮賊匪，隱藏了身分孤身入賊窩，最後還是被人給認出身分，嚴刑拷打自是不必說，聽說賊頭還不死心地想要用女子色誘他投靠，不過他堅守本心，不曾動搖半分。

雖然僅是短短幾句話，但裡面的訊息量卻很大，李姝色晃了晃身子，差點一個暈眩沒有站穩。

這些話，旁人乃至於沈峭都不會與她說，也只有遙祝會透漏給她了。

他對她的忠誠毋庸置疑，絕對死忠，也絕對聽話，有問必答，毫無保留。

李姝色伸手捂住嘴巴，大顆的淚珠落下，只能心裡安慰自己，都過去了，以後她會疼他一輩子。

所有人都給小倆口留了獨處的時間。

皇帝特地讓沈峭留宿宮裡，雖然沒具體分配寢殿，但這宮裡自有他去的地方。

李姝色絞著手帕等著他，終於看到沈峭進門，二話不說就要伸手上前扒他衣服，她的神情無比凝重。

沈峭向後躲了躲，伸手抓住她解開衣服的小手，忍不住開口。「娘子，這還是大白天。」

李姝色嬌瞋地瞪他一眼，淡淡道：「我不急，晚上有得是時間。但是，你得先給我看看你身上的傷。」

沈峭看她這麼急切，沒有辦法，只能任由她解開他的衣服，腦子裡還在想著待會兒要怎麼哄她。

然而，還沒有等他想出個法子，眼前人的眼淚就已經撲簌簌地落下來，邊落邊罵。「大騙子！」

沈峭有些無奈地笑。「為夫可不敢騙娘子。」

李姝色不依不饒。「說好會保護好你自己的！還有太子哥哥，也說好會保護你的！還有我去寺廟特地為你求了平安符，也說會保護你的！」

她眼眶紅紅的，伸出指尖小心地摸了摸他身上的疤痕，這些疤痕像是蜈蚣一樣猙獰地趴在他的皮膚上，生生破壞了這具身體的美感，她止不住地心疼。「你們都是騙子！」偏偏她還不能像對待真正的騙子那般，把他和太子哥哥抓起來打一頓，只能不滿地冷哼，來發洩心中的鬱悶。

其實刀痕和鞭痕用過藥後，已經好了大半，最主要的是他胸口上的一塊燙傷，她知道這是什麼酷刑，以前她在電視上看的時候，都感覺這是極可怕的刑罰，更遑論加上那些演員配的慘叫聲了。

她的手指慢慢移至那處，咬了咬下唇道：「他們怎麼敢！」

她現在真恨不得將那些傷害他的人大卸八塊，這得多疼啊。

她的手指剛落在那片傷口上，沈峭渾身就僵了下，有些不自然地攏了攏衣服。

那時的疼痛他已經忘得差不多，但是現在她細軟的手指點在傷口上的時候，他感覺後脊背一陣發麻，她的手在他身上摸來摸去，不知道他是個正常男人嗎？

正常男人，哪裡禁得起這般撩撥？鬼知道他是用了多大的克制力才沒有失態。

見他攏住衣襟，李姝色還沒有看完傷口，還想繼續看。「哎呀，我還沒看完呢，你別急著穿衣服！」

兩廂拉扯之間，「嗤」一聲，他的外衣就撕裂脫落了。

這下子，他的胸前就整個暴露在她眼前。

李姝色終於看清，咬著牙問：「那群賊匪呢?!」
「押在刑部大牢，放心，活不過這個秋天。」
他的話稍稍安撫了她，但李姝色還是覺得有些不對勁，又道：「我讓太子哥哥去跟刑部打聲招呼，讓他們好好招待那些賊匪！」
哪裡還需要她打招呼，太子知道沈峭受的苦難後，早就發了話，讓那些賊匪在牢獄中生不如死。
不過，她這磨刀霍霍、咬牙切齒的樣子，讓沈峭看了心裡很是熨貼，他上前一步，突然微微彎腰把她橫抱起來。
李姝色腦子裡還在想著怎麼收拾那群賊匪，突然被他抱了起來，有些驚訝地問：「夫君，你要幹麼？」
「娘子都把為夫的衣服給脫了，妳說我要幹什麼？」
這麼明顯的暗示，李姝色臉色通紅地道：「可現在是白天。」
「那……」他腳步不停留地往床榻那邊走去，拉長了尾音道：「為夫會放下床幔的。」
李姝色羞紅了臉。
這樣就可以欺騙自己不是白天嗎？
第二天一早，李姝色扶著痠痛的腰，從床上爬起來，對身旁的沈峭道：「夫君，父皇、母后已經答應，只要你回京，他們就讓我搬到公主府去。」

沈峭猛地直起身子，桃花眼中的亮光滿溢。「娘子，妳說的可是真的？」

李姝色回答。「當然是真的。」

沈峭伸手摟住她的肩膀，忍不住笑道：「他們終於捨得放人了。」

昨天他一回來，剛看完他身上的傷勢，就迫不及待地拉著她「造人」。如果再多說上兩句話，她昨天就把這個消息告訴他，他也能從昨天就開始高興了。

不過現在也不遲，他們兩個等這一天也是等了很久。

漱洗完畢，兩個人去給皇后請安。

都說丈母娘看女婿，越看越有趣，現在皇后就是這樣的想法，看著平安歸來的沈峭，心裡的滿意又提升了個高度。

本來一直將小公主留在宮裡，也是想要考察沈峭，看他是不是真的能夠配得上小公主。

現在，皇后心裡是放一百個心，這麼長時間，沈峭一直潔身自好，除了些虛假的傳聞纏身外，從未與其他女人有過牽扯。

這樣的人，她是放心把小公主交到他手裡的。

皇后拉著他們兩個的手，交疊在一起，目光落在沈峭身上道：「本宮已經知道你對小公主的心意，如今本宮將小公主交給你，你可一定要保護好她，千萬不要讓她受委屈。」

沈峭鄭重承諾。「請皇后放心，臣會一輩子待小公主好，如違此言，天打雷劈。」

皇后聞言，更是滿意地笑了。

李姝色乘機道：「母后，我想今日就和沈峭搬到公主府去，可以嗎？」

皇后無奈地看著她笑。「如妳父皇所說，真是女大不中留。」

聽她意思，就是答應了。

李姝色連忙挽著皇后的手臂，頭靠在她肩頭撒嬌。「即使女兒搬去公主府，也會時常進宮看母后呀。」

她這一撒嬌，皇后哪裡還能不放人？

於是，李姝色很順利地通過皇后這一關。

而後，他們兩個去皇帝那裡。

皇帝如同皇后一般，自從沈峭平定良州匪患後，現下對他是放一百個心。

太子之前就把平定匪患的各項事宜呈到他的案頭，他認真看完後，也瞭解到沈峭在匪窩裡受到的折磨，所謂愛屋及烏，也心疼起這個孩子來。

畢竟是小公主愛著的人啊，小公主的性子隨皇后，都護犢子。

皇帝拉著沈峭交代一番，再得到他的承諾後，就痛痛快快地讓他們搬去公主府了。

李姝色面上一喜，心裡的石頭也落到實處。

公主搬家，本就不需要李姝色做什麼，她就動嘴皮子指揮罷了。

不過，她連指揮都省了，畢竟有翠珠和遙祝在，這兩個人將她的飲食起居照顧得很好。所以，李姝色是省心不已。

反倒掛心起沈峭搬家的事。

沈峭摸了下她的鼻子說：「為夫行李不多，況且之前早就把大半東西搬進去公主府了，娘子不必掛心。」

李姝色這才點點頭。「我還是隨你去店裡一趟，看看小蘭、小玉。」

「好。」

雲裳成衣店一如既往的熱鬧，他們也沒驚動人，低調地進了店門。

小玉、小蘭看到他們，神情很是激動。昨天就聽說老爺平定匪患回京了，但是晚上沒見著人回家，她們就猜想應該是和夫人一起住在宮裡。

兩個小丫頭見到李姝色忙一左一右地圍著她，向後院走去，也不喊公主，就喊夫人，把這些日子發生的大事、小事一股腦兒地全部說出來。

她們一如既往的有活力，李姝色見她們將店鋪打理得井井有條，開口道：「妳們能夠成長到這樣，讓我很是意外。以後有些事，妳們能拿定主意的就自己決定。」

兩個小丫頭齊齊點頭，無有不應的。

雖然前段日子，李姝色和沈峭都不在家，但是兩個丫頭都有打掃房間，所以沈峭收拾起東西也很方便。

宮裡什麼東西都有，當初李姝色進宮的時候，什麼也沒有帶，房間裡還有一些她的東西，她回來這趟也是回來對了。

她翻了翻自己的首飾盒，看到裡面靜靜躺著母后初見她時賜的玉簪，還有太子哥哥的玉珮，以及沈峭雕的木簪。看了東西後，便把腰間的鳳凰玉珮一同放了進去。

這鳳凰玉珮是她回宮的第一天，母后重新交到她手裡的，兜兜轉轉還是回到她手裡，她小心地合上蓋子。

公主府確實什麼都有，兩個人能收拾出來的東西也不多，很快就收拾好了。

李姝色轉頭看了看這個剛到京城不久後購置的小院子，忍不住感慨。「夫君，說起來這裡還是我們的第一個家。」

沈峭聞言，也環視一圈屋子，應道：「是啊。」

那個時候，假公主還在他們面前耀武揚威，如今回想起來，恍若隔世。

李姝色笑道：「夫君，我們把這院子留著吧，等以後我們老了，來這裡養老也不失為個好選擇。」

沈峭是寵妻狂魔，自然是娘子說什麼、就是什麼，她想要在什麼地方養老，他跟隨便是，毫不猶豫地應道：「好。」

李姝色心裡更加樂了，她發現沈峭越來越好說話，也越來越寵她了。

第八十四章 要孩子

從雲裳成衣店出來，沈峭夫婦二人就回了公主府。

李姝色之前來過公主府好幾次，所以也熟悉，只不過這次他們是正式入住。還未進門，就聽到噼哩啪啦的鞭炮聲，想來是為了迎接他們回府。

公主府的管家是皇后親自為她挑選的，其他姑且不論，忠心這一條是肯定有的。

管家率領公主府的人恭敬地站在門口迎接他們，等她下馬車的時候，管家就跪下請安道：「小的申才給公主、駙馬請安。」

看著跪了一地的下人們，李姝色道：「都起來吧。」

申才走近道：「公主，駙馬，公主府已經收拾好，就等你們回府了。」

管家是國字臉，長相憨厚，李姝色很滿意，便隨著沈峭一同踏進公主府。

這是公主府修繕完畢後，她第一次踏入，與她心中想像得差不多，不過添了不少新物件，讓她眼睛一亮。

當然，她更期待的是，她和沈峭的寢室。

因為床是沈峭親手做的呀！

待看過正廳，又穿過園子後，其他人都去整理他們從宮裡和店裡帶來的東西，而李姝色則迫不及待地進了寢室，直奔大床。

沈峭不慌不忙地走進去，隨後轉身把門關上。

李姝色摸了摸柔軟的床榻，又坐在上面，隨後仰面躺下，喟嘆了句。「好軟。」

沈峭是完全按照她的心意製作的。

看著他逐步靠近，李姝色忍不住說：「夫君，快來，和我一道躺下。」

沈峭聞言，沒有躺著，而是直接趴在她身上，伸手撐在她腦袋兩側。

李姝色眼前一片陰影，感受到身上的重量，忍不住出聲道：「你快躺下嘛，這床好軟哦。」

「嗯，我早就感受過了。」沈峭對床軟不軟興致缺缺。

李姝色眼前的俊臉突然放大，唇上一重，是他吻了上來。

她的腰到現在還疼著呢，忍不住推了推他的肩膀，他順勢攬著她的腰，兩個人翻了個身，姿勢對調過來，他躺下，她趴在他的身上。

李姝色喘息兩下，聽見他說：「娘子，這床除了軟就沒有別的了嗎？」

她疑惑。「什麼？」

「妳不覺得，這床也很大嗎？」

李姝色微微紅了臉，他以前禁慾的樣子是裝給她看的吧？

見她不說話，沈峭微微揚眉。「不相信？為夫帶妳感受一下。」

啊？

還沒等她反應過來，他就帶著她在床上又翻滾兩圈，為了證明這床很大，兩個人真的沒有掉下去。

滾著滾著，李姝色眼前變花，某人靈巧的手指已經快速解開她衣服上的盤釦……

嗯，食髓知味，樂此不疲。

李姝色心想，她是中了他的邪，才會跟他玩滾床單這樣無聊的事。

晚間，還是翠珠在門外敲了敲，擔心他們肚子餓，問他們要吃什麼，他們這才停止妖精打架的事。

李姝色感覺自己無法見人了，躲在沈峭的懷裡，悶聲道：「都怪你，這樣我以後要怎麼見翠珠姑姑？」

沈峭啞聲道：「娘子，妳得體諒為夫，為夫有半年未見妳了。」

好吧，他這麼一說，感覺還挺委屈的。

李姝色嘟著嘴巴應了聲。

好在他身上的傷在回京路上就搽藥好了大半，要是還沒好，又劇烈運動的話，不得重新裂開？

不過受了傷還這麼不老實，虧她以前真以為他禁慾自持呢。

從李姝色搬進公主府的第二天起，進府來道賀的人就沒停過。沈峭不在府裡的時候，她身邊有翠珠、遙祝，還有管家，也能應付。

總之，自從搬進公主府後，李姝色比在宮裡更加自在，沈峭更是事事都依她，這是府裡所有人都有目共睹的事。

當李姝色還在疑惑菁眉姊怎麼不來看她時，便傳來她懷有身孕的好消息。

沈峭跟她說這個好消息的時候，眼神熱切地下移，落在她的肚子上。

李姝色聞言，立馬激動得站了起來，根本沒有察覺到他的目光。「有了！我有小姪子了！」

她說這話，可不是重男輕女，而是因為原著中，葉菁眉第一胎就是男孩，二胎是女孩。

喊完，李姝色笑容滿面地說：「走，我們去太子府看看菁眉姊！」

沈峭沒有阻攔的理由，便吩咐人備馬車，他們一同去太子府恭賀。

太子府裡來往恭賀的人還是挺多的，太子府的管家知道小公主駕到，連忙派人將她請進葉菁眉的屋裡，而沈峭則由人帶去和太子說話。

李姝色進屋的時候，看到葉菁眉坐在床上，滿臉笑意地和身邊的人說著話。

對面還坐著一個人，正是嫁為人婦的清瑤。

李姝色剛進去，清瑤就頭一個看到了她。「妳來啦。」

屋裡的人發現是她來了，紛紛要向她行禮，李姝色道：「大家不必多禮，我也是來看嫂子的。」

之前和葉菁眉說話的女人把位置讓給她，畢竟她的身分擺在這裡，母親是皇后，又是皇帝最寵愛的小公主，這房間裡的小姐們都要給她幾分面子。

李姝色剛坐下，葉菁眉就笑著說：「還未恭賀妳喬遷之喜，妳怎麼就過來了？」

「自然是特地趕過來恭賀嫂子有孕之喜的啊！」

「也才一個多月，不必勞師動眾的。」葉菁眉臉色有些發紅。

李姝色則道：「這可是太子哥哥頭一個孩子，聲勢浩大點也沒什麼，恐怕他心裡還覺得這聲勢不夠大呢。」

葉菁眉指著她，嗔道：「妳呀。」

這時，一旁的清瑤突然開了口。「怎麼妳只恭喜太子妃有孕之喜，也不知道恭喜我呀？」

李姝色聞言，先是愣了下，隨後驚訝出聲。「清瑤，妳也有了？」

「是啊，」清瑤挺了挺並未顯懷的肚子，語氣驕傲。「我也有一個多月身孕了。」

這話一出，在場的官家小姐們紛紛朝清瑤恭賀。

本來清瑤是不打算今天說的，但是看到李姝色一進來，眼神就沒有離開過葉菁眉，十分關切她腹中的孩子。她就想，如果她告訴李姝色，自己也有了孩子，她會怎麼做？

一個是皇姊，一個是皇嫂，看她如何一碗水端平。

果然，李姝色也被這個消息震驚到了。清瑤這才成親多長時間啊，居然就有一個多月身孕了！

李姝色立馬開口。「清瑤，恭喜妳！我這次過來，帶的酸梅乾只夠給嫂子一個人吃，等我回去，再叫人包好送到妳府上。」

清瑤先是抿了下唇，隨後想到皇后把自己小廚房的御用廚師都指派到公主府了，那廚師做的甜點可是一流，才開口道：「也成，不過妳可千萬別忘了，我就在家裡等著。」

「不會的。」李姝色道：「我日日讓小廚房做，送過去給妳都成。」

清瑤這才滿意地笑了。

李姝色轉頭又對葉菁眉說：「嫂子，如果妳喜歡，我也日日派人送來。」

葉菁眉本來沒胃口，現下聽到酸梅乾，倒真有些想吃了，便點了點頭。「不必日日，隔個兩日也就行了。」

李姝色自然是應下的。

屋裡其他官家小姐看到眼前這其樂融融的一幕，發覺小公主認祖歸宗沒有多長時間，但確實嘴巴甜，又善於為人著想，就連清瑤都願意與她親近，可見不是個難相處的人，先前她們還有些擔心來著。

李姝色又和葉菁眉說了一會兒話，放下酸梅乾後，這才和沈峭一同回府。

馬車上，李姝色不免朝著沈峭感慨。「不僅嫂子有孕，就連成親不久的清瑤，她也有孕了，好快啊。」

沈峭順勢道：「看來為夫得努力。」

李姝色不解地看向他。「什麼？」

「我們成親最早，卻是最晚有動靜的，為夫可不得繼續努力？」沈峭揶揄地看向她。

李姝色害羞地撲進他懷裡，伸出拳頭不滿地捶了下他的胸口。「你明明知道我不是這個意思，況且我還是個孩子呢。」

「在妳這年紀當娘的，連孩子都會走路了，妳怎麼還是個孩子啊？」沈峭笑出了聲。

李姝色直接耍賴。「我不管，我說我還是孩子，就還是孩子！肚子裡懷上孩子就是不成！」

沈峭聞言，但笑不語。他每天晚上都那麼努力，焉知她肚子裡沒有懷上一個呢？

李姝色本來以為，沈峭白天在馬車裡只是隨便說說，畢竟之前他一直沒有提孩子的事。不過晚間，他似乎就來了勁，秉持不說大話的原則，真的在努力地讓她早日懷上。

李姝色渾身痠軟，伸手抵住他的胸膛，喘著氣說：「夫君，要孩子不急於一時，我們明日再要吧。」

沈峭目光灼灼地看向她，應了聲。「好。」

之後一連好幾日，沈峭都十分努力，這種瘋狂的感覺讓李姝色以為，自己是不是很快就要懷上了。

不過，第二天一看到美食，她就把什麼都拋在腦後了。

第八十五章　回鄉

很快地，就到了清明節。

無論古今，清明時節，回鄉祭祖。

今年的清明節，李姝色想著和沈峭商量回鍾毓村祭祖。二老的牌位雖在公主府，但是二老的墳地卻是在鍾毓村。

沈峭哪裡不明白她的意思，當年他們離村的時候，何嘗沒有孤注一擲的想法？帶著盤纏和二老的牌位，決然地踏上來京的路。

如今，他功成名就，她認祖歸宗，是時候把這些好消息告慰先祖。

而且，沈父、沈母又何嘗不是在等著他們呢？

沈峭完全沒有拒絕的理由，抱著李姝色的身子，直接應道：「好，我們一起回去。」

李姝色特地跑一趟宮裡，和父皇、母后講明回鄉的心思後，他們雖有些擔心路途遙遠，但還是支持她回去，畢竟那裡是她長大的地方。

皇帝派出暗衛一路保護她的安全，貴妃也叮囑她帶上遙祝，千萬注意安全。

從皇宮出來後，他們二人便踏上回鄉的路程。

當初，他們二人趕到京城的時候，風塵僕僕，不知在路上吃了多少灰，沒有馬車就騎毛驢，當時李姝色是多麼懷念現代的便利交通。

如今，坐在高頭大馬拉著的馬車上，一路上都有人照應，車廂雖小，但是五臟俱全，路途雖乏趣，但只要她開口，要求都能被滿足。

總之，這回鄉的路上比當初來京時，可舒服了百倍不止。

但是不知怎麼的，李姝色竟有些暈車，全程癱軟地倒在沈峭的身上，車子停下的時候，就捂住嘴巴，飛奔下車，乾嘔不止。

即使沒有胃口吃東西，也止不住乾嘔。

她這個樣子，一開始就把沈峭、翠珠和遙祝三人給急壞了，但這次他們大意，隨行沒有叫上太醫，所以也不知道她這是怎麼了。

李姝色則跟他們說，她這是暈車，不礙事的，等到了目的地，休息兩天情況就會好轉。

她的症狀的確像是暈車，況且路途遙遠，她身子嬌貴，承受不住路途困頓也是有可能。

後來的路上，李姝色慢慢適應了暈車，除了臉色有些蒼白，時不時想要乾嘔外，也沒有其他症狀。

她放鬆心情，覺得並沒有什麼大礙，但是其他三人可急壞了。

三人臉上雖不顯，卻明明白白地急在心裡。

李姝色瞇著眼睛躺在沈峭懷裡，今日還好，沒有那種想吐的感覺，也有了胃口，就是想要吃酸的。

好在為葉菁眉和清瑤準備的酸梅乾，她嚐了之後也喜歡吃，臨走前帶了三包，如今正好解饞。

沈峭捏起一顆酸梅乾放到李姝色嘴邊，李姝色張嘴咬下，神情懨懨地說：「就快到了，這一路好不折騰！」

沈峭聞言，眉間的心疼更甚。

而她剛抱怨完，前面駕車的遙祝突然停下馬車。在馬車前方，竟有個女子倒在路中央，即使聽到馬蹄的響聲，也沒有半分動靜。

李姝色察覺到不對勁，而她也是躺夠了，便站起身，撩開車簾問：「遙祝，怎麼了？」

「回夫人，前面似乎有個女子暈倒了。」遙祝回她。

在外面，他就喊她夫人。

李姝色這才把目光緩緩移到路中央，確實看到一位女子，便下了車，想要走過去看看，卻被遙祝和沈峭一左一右攔住，連翠珠都讓她留在這裡，由遙祝先去看看情況，害怕面前躺著的女子是刺客。

待遙祝伸手放在女人的肩膀，將她的臉轉過來的時候，沈峭皺了皺眉。

女子似乎察覺到有人靠近，張開皸裂的唇道：「水，水……」

李姝色上前兩步，覺得女子可憐，便說：「姑姑，妳去把水壺拿來。」

翠珠知道她心善，便拿了水壺，放到女子唇邊，餵了幾口水。女子喝了水後，意識恢復了些，睜開眼睛，有些防備地看了看眼前的遙祝。

隨後耳邊響起翠珠的聲音。「姑娘，妳沒事吧？」

女子眼珠一轉，隨後往李姝色這邊望來，待看到沈峭的時候，脫口而出。「是你？」

原來沈峭身陷賊窩的時候，賊頭有意用美色誘惑他投靠，背叛朝廷。

而用來引誘沈峭的女子，便是眼前這位。

她姓郭，本是清白人家的姑娘，但是走在回家的路上被土匪擄走，即使後來土匪窩被剿，她被解救出來，倉皇奔向家的時候，卻發現家裡已經容不下她，說她失節，還不如死在土匪窩裡。

她被家裡人趕了出來，身無分文，漫無目的地走著，這才碰上他們這一行人。

郭姑娘背部倚靠著樹坐下，眼神幽暗地將事情說了出來。

眼前她這副乞丐模樣，確實像是流浪在外多日的樣子。

李姝色知道，這個世界，古代女子名節大過天，不管她有沒有被糟蹋，只要是在土匪窩裡待過，即使渾身上下長滿了嘴，跳進黃河也說不清。

還沒等李姝色嘆息感慨完，就聽到她說：「大人，我以後能跟著你嗎？」

這話，明顯是對沈峭說的。

李姝色有些愣住，眼前這姑娘看向沈峭的眼神，似乎並沒有很坦然。

沒等沈峭出聲，李姝色直接問：「妳為什麼要跟著他？」
「當初大人負傷的時候，是我給大人上的藥。」郭姑娘說。
沈峭急忙打斷道：「只有一點，當時我立馬驚醒，之後是我自己上的藥。」
他這般急切，自然是對李姝色解釋，就怕她誤會。
郭姑娘聽了沈峭的話，眼中閃過黯淡，咬著下唇沒有說話。
李姝色知道她這麼說，無非是想要一個歸宿，但沈峭不是她的歸宿。
於是，李姝色便伸手跟翠珠要了幾錠銀子，隨後走到郭姑娘面前，蹲下身子，視線與她平視道：「感謝妳為我夫君上藥，這是給妳的謝禮。」
郭姑娘眼中閃過警惕，並沒有接過。
李姝色又道：「其實我也曾有過與妳相似的經歷，曾被人誣衊名聲有損，那時的我很懦弱，居然想要以死明志。但是現在想想實在太愚蠢了，因為活著比什麼都重要。如果再給我一次機會，我一定撕爛造謠人的嘴，並且好好地活著，即使不為了別人，為了自己也要好好地活著。」
郭姑娘是個聰明的姑娘，就憑她是在土匪窩裡為數不多卻能夠活下來的女人，就說明她的頭腦不簡單。
如今，李姝色肯出錢拉她一把，她雖一開始有些猶豫，懷疑李姝色的用心，但是後來聽了這番話，心裡不免沸騰起來。

是啊，憑什麼他們要她死，她就必須去死？她又沒有做錯什麼！難道落入土匪手中，是她自願的嗎？她可是受害者啊！只因為她曾經身陷匪窩，他們就說她不守婦道，她整日受到別人的指指點點，後來還被家人趕出家門，甚至罵她為什麼還活著，不如一死了之！

想到此處，郭姑娘伸手拿過李姝色手裡的銀子，臉上閃過堅定的神色。她跪了下來，朝著李姝色深深地磕了個頭。「多謝夫人指點，我一定好好活著，為了自己好好活著。」隨後，又朝著沈峭的方向磕了個響頭。「多謝大人，如果不是大人端了那賊窩，恐怕我現在還身陷其中，生不如死。」

李姝色知道她這是想通了，不再想著將沈峭當作歸宿，也佩服這姑娘有再生的勇氣，鼓勵道：「郭姑娘，記住活出自我啊。」

郭姑娘細細咀嚼「自我」兩個字，瞬間熱淚盈眶。

雖然郭姑娘的事只是路途中發生的插曲，但重新上車後，李姝色沒有立馬把身子靠過去，而是看向沈峭說：「那位郭姑娘，到底怎麼回事？」

沈峭立馬毫無保留地解釋道：「我與她之間什麼都沒有發生。」

原來，賊頭確實安排郭姑娘來引誘沈峭，那個時候沈峭已經挨過一輪酷刑，卻什麼話也沒有說，賊頭這才有些急了，想出了這一招。

當郭姑娘出現的時候，看到傷痕累累的他，剛為他上了點藥，他就被疼醒了。隨後，他便拿過藥瓶給自己上藥。

郭姑娘聰明，知道跟在沈峭身邊，自己的安全才有保障。而那個時候，沈峭確實難以動彈，她便端水送飯地照顧了他幾天。

說到這裡，沈峭再三表示，他們之間真的什麼都沒有發生。

李姝色自然是相信他的話，他身上的傷又不會作假，他不會武，傷成那樣，還能有什麼別的心思？

而且，郭姑娘聰明，如果他們之間真的發生了什麼，她剛剛就不會那麼容易打發掉郭姑娘，郭姑娘肯定會鐵了心要跟著沈峭，為自己的後半生做保障。

正是因為郭姑娘不糾纏的態度，也間接反映他們之間什麼都沒有發生，否則郭姑娘不會張口只提上藥的事。

李姝色把頭靠在他的肩膀上，開口道：「夫君，那段時間很難熬吧？」

沈峭攬著她的肩膀，想要安慰她卻不知從何說起，便道：「都過去了。」

如果一身傷能換得阿色陪在身邊，那麼他願意。

他們回村子的時候，像上次貴妃來到鍾毓村那般熱鬧，村子裡的人都聚集過來，知道是他們回來，也聽說了李姝色的身世，紛紛喊道：「狀元郎和公主回村了！」

在人群中，孫嬸子和孫媛兩人紅著眼眶，想要靠近他們卻又不敢的樣子。

李姝色和沈峭索性下了車，他們這次回村，自然有帶東西給鄉親們，她讓翠珠和遙祝幫忙分發，隨後向孫媛招了招手。

孫媛快速走過來，李姝色發現這姑娘居然長高不少，再兩、三年就變成大姑娘了。

李姝色把零食袋放到她手裡，摸了摸她腦袋說：「媛媛，嚐嚐看，味道還不錯。」

孫媛先是將零嘴交到一旁孫嬸子手裡，隨後伸手一把抱住她的腰，喊道：「阿色姊姊，我真的好想妳啊。」

李姝色也想念這個小姑娘，想念這村子的一切，所以這不就回來了嗎？

聽到孫媛說，有聽她的話，在她走之後有好好練字，也孝順母親，長大之後就能幫母親分擔更多的事。

李姝色抱著小姑娘，心裡止不住感嘆小姑娘的懂事，若是自己以後生個女兒，也像孫媛這麼堅強懂事就好了。

李姝色用另一隻手摸了摸肚子，感覺大概是八九不離十的事了。

和鄉親們說完話之後，李姝色和沈峭兩人相攜著來到沈父、沈母墳前。

兩個人先是站立許久，誰也沒有開口說話。

直到沈峭沙啞的聲音先開口道：「爹，娘，不孝子帶著阿色來看你們了。」

他這話一出，李姝色就紅了眼眶，哽咽道：「爹，娘，阿色回來看你們了。」

山頭風嗚嗚地吹，沈父和沈母的墳頭沒有什麼雜草，估計是鄉親們見他們不在村子裡，幫忙拔草。

李姝色被冷風一吹，忍不住側身捂嘴乾嘔起來。

沈峭臉色一變，忙拉著她的手說：「娘子，等一下我們就去縣城，讓大夫替妳診脈。」

這兩天嘔吐症狀分明好了很多，怎麼又開始不舒服了？

李姝色心裡有些笑他，他心心念念的事就要成真，如今自己卻一點都不敢往那方面想，便直接提點他說：「夫君，你剛剛還少說了一個人。」

「啊？」沈峭目露疑惑。

李姝色笑道：「笨蛋，自然是我肚子裡的孩子啊。」

沈峭瞳孔一縮，隨後顫聲問：「阿色，妳的意思是？」

「對，」李姝色也不賣關子地說：「我有了。」

沈峭立馬激動不已，偏過頭大聲說道：「爹，娘，你們聽到了嗎？阿色有了！我要當爹了！」

李姝色還是第一次見他這麼激動，心中自然也是開心的。

她心想，爹娘必然是能聽到的。

沈峭喊完這一聲，連忙重新抱住李姝色，語氣難掩激動。「阿色，謝謝妳。」

或許這一聲謝謝，他早就應該說了。

這一輩子，能夠擁有她，現下又有了孩子，是何其幸運。

或許他曾抱怨過命運的不公，但是現在他又是這麼感謝老天，感謝他讓阿色來到他的身邊。

他將傾盡所有，護她一世周全。

——全書完

2023年9月出版

娘子扮豬吃老虎

文創風 1191～1193

簡直不成體統！
誰家新婦洞房花燭夜會……會那般主動？
事後還捲了被子呼呼大睡，讓自家郎君凍醒！
他驚險抓住她飛踹過來的腳，她還惡人先告狀說他捏她，
這便罷了，竟還神色一言難盡地叫他多補補身子，實在氣人！

人生樂事就是嘗嘗美食，逗逗夫君／芋泥奶茶

沈蘭溪意外穿來這朝代，家中沒有糟心事，順心如意過了多年好日子，
誰知自家三妹因心有所屬，拒絕嫁人，最後還逃婚了！
眼看大婚日子將至卻沒有新娘，嫡母無奈找上她這個庶女替嫁，
沈蘭溪知道，與侯府的這樁親事是他們沈家祖墳冒了青煙才能高攀上的，
這新郎官祝煊，後院乾淨，沒有通房、妾室，只與過世的元配育有一幼子，
而且那祝家不知為何，竟也認了，同意換個新娘嫁過去，
但重點是，嫁出門做人家的新婦，哪有在自家當小姐來得自在？
何況嫡母寬和，家庭融洽，她才不想挪窩去別人家伺候公婆、操持後院呢！
什麼？除了她原先置辦的嫁妝外，三妹按嫡女分例備好的嫁妝也一併給她，
嫡母還另贈一雙東蛟夜明珠，以及她肖想許久的一套紅寶石頭面！
沈蘭溪都想跳起來轉圈了，這三妹逃婚逃得真是恰恰好……

2023年8月出版

文創風 1189～1190

女子有財便是福

領教過爾虞我詐的現代商界，再來到商貿發達的古代社會，
林棲做生意就是如魚得水，總能贏得別人的信服。
在婚姻上挑到潛力股相公，在政治上站隊跟對皇子，
總是低調賺錢的她，還真想不到人生有輸的理由！

滿腹生意經，押寶對夫君／竹笑

林棲低調地網羅應試學子們的畫像，打算從中選個潛力股丈夫，
誰知，他一個寒門秀才不小心誤闖她家院子，還撞見她在挑對象，
既然來都來了，她也大方地向這位候選夫君提出結親的意願，
一個願娶，一個肯嫁，兩人一拍即合，說成婚就成婚。
她調侃道：「看來你還要吃幾年軟飯呀。」
「煩勞娘子了。大家都知道妳是低嫁，能娶到妳是我的福氣。」
這個丈夫也是有意思，別人家的上門女婿都知道扯條遮羞布，
他卻不好面子，還對外大大方方地承認自己靠娘子供養。
算他有眼光，有她這般會賺錢的隱形富婆作靠山，好處可多著呢～～
他不僅得以全心投入科舉考試，還有天下第一書院的大儒當老師，
半年前一文不名的小秀才，轉眼間就站在天下學子所仰望的位置，
日後更是不負眾望成為六元及第的進士，林棲很滿意這門親。
可如今朝局波譎雲詭，挑對夫婿之外，她還得押寶押對儲君……

2023年8月出版

飾飾如意

文創風 1183～1184

莫名其妙嫁進山村，又被夫君當成抓犯人的誘餌，
她氣得連跟不跟他睡同張床都要考慮了，何況圓房？
哼，想嚼舌根的儘管嚼去。他行不行，可不是她的問題啊～～

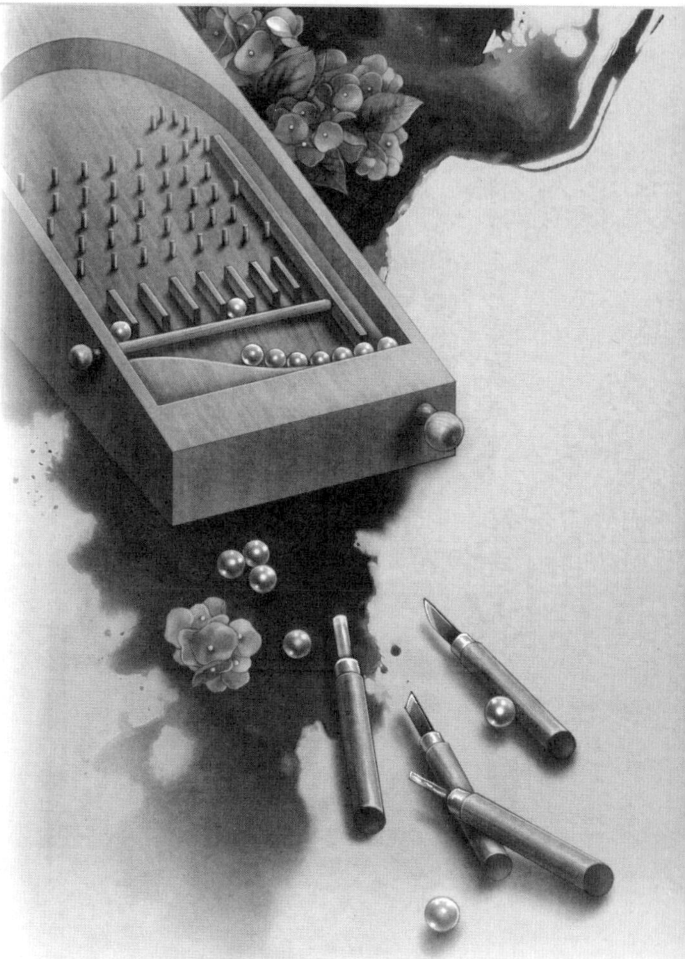

馴夫大吉，妻想事成／觀雁

一穿越就捲進騙婚的軒然大波，現成夫君還是縣衙的前任神捕譚淵，
蘇如意的小膽子要嚇爆了，雖然她將功補過，和譚淵一鍋端了那群騙子，
但欠債還錢天經地義，為了向譚家贖回賣身契，她只好努力賺銀子啦。
身為手工網紅，做點小工藝品難不倒她，卻因小姪子的生日禮物出糗——
她打算刻個彈珠檯，搬來木板想請譚淵幫忙鋸，竟不慎手滑而抱住他，
嗚……這下除了騙婚，居然還調戲人家，她簡直想挖個洞把自己埋了。
彈珠檯讓小姪子跟小姑玩得欲罷不能，看樣子手作飾物確實商機無限，
可譚淵不著痕跡的誇獎和曖昧，卻讓同居一室的她莫名心跳起來——
這腹黑傢伙對她到底有什麼企圖？她一點都不想在古代當人妻耶，
等存夠了錢，她就要跟他一拍兩散，包袱款款投奔自由嘍～～

江湖在走，手藝要有／染青衣

2023年9月出版

小匠女開業中

小女子初來乍到，一身好手藝請大家多多指教！
人氣商品音樂盒開放預訂，每天限量五件，
奇巧閣開業中，歡迎各位大駕光臨～～

文創風 1194 1

穿越當宮女？這種轉職不適合她這個前機工博士吧？!
荀柳決定偷偷做點家用品賺外快，存夠銀子落跑去。
她悄悄安排出宮的馬車，卻被陌生小太監撞見，遂送了顆小魔方給他，
順道請他保密，別提遇到她的事，想幹大事還是越少人知道越妥當。
孰料出逃當日，車裡忽然冒出不速之客，竟是之前見過的他，
原來他是二皇子軒轅澈，而她要順利出宮的條件是——帶他平安離京？!

文創風 1195 2

歷經九死一生逃出京城，荀柳帶著軒轅澈落腳西關州，
還因為治旱有功，得到靖安王府這座大靠山～～
但定居歸定居，柴米油鹽全要銀子買，不能坐吃山空的。
幸虧軒轅澈的腦子好使得很，提議不如開間專賣工藝品的奇巧閣，
無論古今，高門大戶的口袋就是深，對精巧之物更是毫無招架之力，
喊個價，她做的手工音樂盒便漲十倍的錢，開張當日營業額破千兩啊！

文創風 1196 3

軒轅澈的復仇大計即將展開，荀柳卻在此時發現他的心思——
昔日小哭包長成無雙公子，哪裡將她當成阿姊了？他的一心人正是她！
可她不願成為他復仇的軟肋，亦不喜宮廷生活，注定要讓他失望……
西關州軍情告急，荀柳發現數年前所製的彈簧袖箭被傳到西瓊境內，
西瓊人還以此改造強弩戰車和投石機，打得靖安王的軍隊節節敗退。
蝴蝶效應讓她悔得腸子都青了，這場仗，她定要替大漢百姓贏回來！

文創風 1197 4 完

西關州的戰事結束後，荀柳選擇留書出走，不想再當軒轅澈的掣肘，
她上山隱居，收養三隻小狼犬，但小奶狗的搗蛋本事簡直堪比熊孩子，
狗叫聲引來山中的黑熊，讓她心都涼了，難道要就此登出人世間？
忽然有人衝上前來替她擋下熊掌——竟、是之前偷她小豬的惡徒，
她將他帶回家治傷，結果他醒來就喊她娘子，還想跟她一起當小農？!
他是腦袋被打壞了嗎？但這無賴口氣太像軒轅澈，她懷疑其中有貓膩啊……

文創風
1219

夫君別作妖 3 完

國家圖書館出版品預行編目資料

夫君別作妖 / 霧雪燼著. --
初版. -- 臺北市 : 狗屋出版社有限公司, 2023.12
冊 ; 公分. --（文創風 ; 1217-1219）
ISBN 978-986-509-480-5（第3冊 : 平裝）. --

857.7　　112017985

著作者　霧雪燼
編輯　黃鈺菁
校對　沈毓萍
發行所　狗屋出版社有限公司
地址　台北市104中山區龍江路71巷15號1樓
電話　02-2776-5889～0
發行字號　局版台業字845號
法律顧問　蕭雄淋律師
總經銷　知遠文化事業有限公司
電話　02-2664-8800
初版　2023年12月
國際書碼　ISBN-13　978-986-509-480-5

本著作物由北京晉江原創網絡科技有限公司授權出版

定價290元
狗屋劃撥帳號：19001626
網址：love.doghouse.com.tw　E-mail：love@doghouse.com.tw